暫停鍵

黎紫書

自序

黎紫書

在一種維度中我們生存如肉體，在另一種維度裡我們生存如靈魂。

——費爾南多・佩索亞（《惶然錄》）

那是在QQ上一個群裡的閒聊，某個年輕網友說起生命中某個特定時刻，就一瞬間的事，像腦中有根火柴「嚓」一聲兀地燃燒起來，便像盲者突然看見剎那的光，第一次看見世界在光裡的形體，便忽然對自身的存在有所意識。

他說到某個友人少年時對著浴室鏡子漱洗，莫名其妙地，忽然對自己在鏡子外面所立足的「真實世界」感到懷疑和躊躇。鏡子還是每天早上面對著的同一面鏡子，但就那一瞬它忽然變成朝向另一個世界敞開的一扇窗，儘管它像眨眼似的飛快地闔上，但你已無可避免地瞥見了「窗外」。這窗是你從未察知的另一面鏡子，它延伸了「世界」的空間感，多少照見了你在人世中的位置。

這位網友自己有過近似的經驗。他說那是少年時騎自行車經過一片荒地，因四野無人，他在那廣袤無際而荒涼之極的境地中獨自趕路，忽然覺得高空中有另一個「自己」正冷然注視著地面上那騎車少年的背脊。那一刻他覺得自己清楚「看到」了那荒地有多遼闊，自己又有多麼渺小。

這種經驗於我並不陌生，只是我不記得自己是在怎樣的情況下第一次產生那種「存在的自覺」。而我甚至不認為那真是存在意識的一次啟蒙，我以為那是因空間感的壓迫（可能是過於侷促，也可能是過於廣闊）所引發的孤單、心虛和聯想，或者說，一種存在的幻覺。而以後，我們長大，那醃漬在回憶中的幻象漸漸變味，慢慢被我們美化和昇華成了充滿玄學或哲學意味的一種成長儀式，它如此神聖——我們第一次在世界中察覺了自己。

但就連這脆薄的想法也有它的反面，我會更傾向於相信那鏡像中的「真實」——並非我們在世界中察覺了自己，而是我們終於意識到世界了。

我們是以自己的所在為意識的立足點，聯想到這世界可能有的深度，它的多層次，多面向，多維度；它所有的可能性與所有不可測的未知。

我以為「存在」不必然與空間相關，那不在於占地多少，不在於鏡子的這一邊或另一邊，也不在於高空中俯瞰的雙目對比荒地上身影渺小的少年。兩千多年前，不是曾有莊周將存在意識托於夢與蝴蝶嗎？數百年前也有笛卡爾說「我思故我在」。而我想，「我是誰？」比「我在哪裡？」更像一道關乎存在的問題。

就是去年的事吧，有個來自同鄉的長者在往來的電郵中說我是個存在主義者。是因為我拒絕了對方幫助我到大學深造的建議，說，我知道該走怎樣的路去培養自己。說這話的時候，我已屆不惑之年了，當時人在異鄉，正計畫著要暫止持續了快五年的行旅，回到老家去陪陪母親，同時也靜心觀察與思考未來的路向。看見那長者在郵件裡所提的「存在主義」時，不知怎麼我笑起來了。嘿，「主義」我是不懂的，但我知道，也體會了存在。

我以為我的存在，從一開始就只是個想像。許多年來，我信奉想像的力量，它恩寵具有追逐的勇氣和實踐能力的信仰者，驅動他們依自己腦中的圖景與心中的想望去進行創造。而我一直覺得此刻坐在這兒寫著這篇序文的我，其實是我年少時坐在課堂裡，於午後騰煙的日光中遐想出來的人物。那時我在練習本上練習簽名，寫出了「黎紫書」這筆畫繁複的名字。鄰座同學後來睨一眼兩頁紙上橫七豎八畫滿了的名字，問我黎紫書是誰啊，我抬起頭回答說那是我。

那是我。

就那樣，一個本來不存在的人物，僅僅從一個名字開始，以後漸漸被經營出屬於她自己的形象、經歷和人格。我總覺得我是這一個「自己」的創造者和經營者，以後再無可挽回地慢慢成了旁觀者，見證著這個無中生有的人物，建立起她自己的存在意義和價值，直至我再也無法駕馭她的志向和命運，像看著一隻虛構的蝴蝶從夢中的幻境飛到了現實，它兌現了自己，飛向它所意願的方向，於是它就是這世上一隻真正的純然的蝴蝶，不再附屬於我個人的想像。

現在我坐在這兒，苦思著生命中若不曾如此殷切地想像過這樣一隻蝴蝶，並且相信牠，讓牠終於壯大得可以衝出那氣泡般脆弱的想像本身；如果不是牠說服了世界成全牠的存在，甚至引著我放下手中的一切，追隨牠去走一條迤邐漫長的路，此刻的「我」會是誰？是怎樣的一個人？正在幹著什麼？

多年前，我寫過〈亂碼〉，其時是隨筆而寫，也不覺用力，可以後每每我回過頭去，它總是從狹長的過往最先盪來的一道清晰的回聲。現在我會幻覺自己在寫的時候就準備著要回答未來的許多提問。那文章記錄了我對淪陷於凡俗生活的惶恐，對於「自棄」與出走的渴望，以及更重要的——那個生於想像的「我」，已經存在了。

那文章寫了不久以後，我選擇了行旅，從南洋出發，先往北，再往西。在意識深層，那是與這世界上另一個「我」的會合與私奔。那不是現實與虛構兩個世界的交錯，而是她們將永遠地彙合，此後朝著同個方向奔湧。那是我在追隨一隻被夢孕育而生的蝴蝶，不知道將往哪裡去，只知道當「我」已意味著「我們」的時候，最理想的生活狀態應該是流動的，能走多遠便走多遠，每個「此地」都不該過於停留。從此我會遇上許多人，有許多新的閱歷，目睹耳聞不同的故事；會面對不曾有過的衝擊，積澱許多感受和想法。

就在這行走的幾年裡，我比過往任何時候都更專致於寫字。我不說「寫作」是因為這期間寫下的許多文章，尤其是這本書裡的隨筆小文，在寫的時候絲毫沒有「創作」的意圖。它們在本質上更接近日記，多是出於我在路上想記下點什麼，或是要在部落格上發點文字，好讓這世上關心我的人們知道我無恙，又在生活的汪洋中時而航行時而飄流地去到哪個點上了。

真說起來，除了僅有的家人與少數幾個結交多年的朋友以外，真實生活中不會有幾個時時念想我的人。但我已經是「我們」了，那個生存如靈魂的我，是一個總是被思慕著的人。那些與我素昧平生的人們在各自車水馬龍的生活裡，常常會在靜寂的時候倏地想起我來，他們在難眠的夜裡亮著一盞小燈重讀我的文字，或是上網摸到我的部落格裡給我留言，有的純粹問候，也有的為了表達愛與念想。

這些人在精神上是我的知交，是我成為此刻的「我」的促成者，然而他們並未曉得自己給了我寫下這些隨筆的動力，也不知道自己一直就是我說話的對象。那些在深夜裡寫給我的留言，於我是旅途中收到的信箋和祝福，讓我得以排遣路上的寂寞。

如今我要暫止行旅了。這本書是過去那一段在路上的歲月留給我的紀念品。我找來幾個一直在網上讀著我的隨筆文字的人為我隨意寫點什麼。他們之中有半數我未曾謀面，也有半數以上不是寫手，甚至毫無寫作經驗。我想讓他們在這本行旅手記裡留下足跡，因為在這五年的行旅中，「讀者」本來就不可或缺。

二〇一二年四月二十六日

關於那些認真的事

周美珊

一直都認為，散文比其他任何一種文體都還真實，並更貼近作者的靈魂，抑或可以說，散文是作者靈魂的背面。這樣想的時候，讀散文時的態度就絲毫不敢怠慢，自然虔誠許多，深怕一個不小心，就褻瀆了一篇有靈性的作品，辜負了一個細緻的靈魂。

是的。正因為這樣想的時候，對一篇好散文就有了定義，也有了期許，以致在選擇散文的時候，也近乎潔癖並挑剔地選。當然，也有另一種情況，是為了更了解作者而讀的。

想起大江健三郎的一本著作《被偷換的孩子》，有這樣一段內容，小說中心人物古義人在友人往生後，仰賴「田龜」與之繼續交流。如果我稱之為「交流」，從科學性來看，那是單方面的傳遞訊息及單方面的接受訊息，是單向的，無法構成一致，也就沒辦法達到「交流」的條件。

當然，讀文學從來就不需要太理性。喜好文學的人普遍上都有著同一特質，都很注重內心的富足感，說白了就是馬華圈子極為通俗的一詞：自爽（Syok Sendiri）。

以這個條件面來看，古義人跟田龜交流的過程很孤獨，卻也非常豐盈。而我也近一廂情願地認為，讀散文自然也是這種狀態。當然，這種方式的交流並不限於散文抑或文學作品上，它也有可能出現在任何一種藝術的呈現形式中。這種交流是必要的，每個藝術家都一定很希望自己有這樣一些延續自己作品生命的接收者。

為此，可以說的是，我不是個好讀者，我一直都違逆這個原則。

在認識紫書以前，我是指，在與紫書的真實個體接觸以前，或許我還真是個不折不扣的好讀者。那時候對紫書只有想像呵。定時在報章文藝版上看到的她的文章和密密麻麻的得獎紀錄所拼湊起來的大概形象，再搭在從某本文學獎刊物上的黑白人頭照上，就此成型。

那時候讀紫書散文的心態也單純自信得多。也許正因為當時年紀還輕，對所有的表面事物都有過分的信仰。印象很深刻的那一篇〈亂碼〉，初時沒看懂，後來也沒怎麼看懂，反正是因為文字優美就喜歡了。好幾年後重看，才著實地明白文章的涵義，也由衷地體會到文學的魔力。

就此喜歡紫書的散文嗎？其實也不是。我一直都說，我最喜歡紫書的散文。這句話有兩個歧義。一是指在那麼多作者當中，我最喜歡黎紫書的散文；二是指在黎紫書所嘗試的各種文體當中，我最喜歡她的散文。而我想表達的，恰恰就是這兩個意思。

這樣說多少都有點不知好歹的意味。隨便到街上拎個人回來問吧，都知道紫書的看家本領是小說，而喜歡一個小說家的散文，倒著看或橫著看，都不太對勁。但我覺得，小說家都講了別人的故事，小說家自身，難道就沒有故事嗎？自然是有的，如果小說家也寫散文，那一定是小說家畢生用最長篇幅，最多精力來完成的小說。也一定最真實，最有研讀價值。因為小說家要寫的是自己，這個小說家最了解，也最不了解的物體。

所以我是這樣，不疾不緩，一頁一頁地讀著小說家的散文，散文裡的小說。

讀多了就想很多，想很多，以致無處可想時，便想去印證。後來決定打破「作者已死」這鐵律，也就是為了印證。紫書是好人，好作家，更是個好的引導者。她由始至終都放任著我的放肆，縱容我這越界的讀者，成全我幻想的癖好。

紫書常笑說，她的散文都是隨筆，寫得隨性隨心。這「隨」字很有學問，是「無為而治」的哲學精髓。近期紫書的散文，也的確朝這趨向發展。其實由始至終，紫書的散文都有著灰色的底蘊，而差別在於早期的下筆重些，每一字句都有烙印的能耐；近期的則輕盈許多，文字的音樂性和跳躍感更為明顯。但精神上，還是消極的。

她這人，文字暗，但性格卻樂觀得讓人的下巴著著實實地掉下。我曾反覆揣摩過，這是積極的消極，抑或是消極的積極。她就是如此兩極化，以致讓人兩頭都摸不著的女人；她就是這樣，會很平淡地告訴你她已經預備著孤獨老死，並認為這樣的死很美好的女人。

所以我常對她說，你總是出人意料之外。

黎氏的散文也很有讀感。層次分明並都恰如其分地把每一段連在一塊，有引申也有反思。此外，一篇好散文，至少也要有映照現實的能力。它反映作家看事的角度，突出作家凝視著的光照面。因為專注地成為「一個」怪人，她相當傾重「一個」的獨立性，因此紫書看事的角度從來就是有異於人。在這方面，紫書從不讓讀者失望，這也是讀散文時的樂趣，她隨時可以給讀者新鮮的感官刺激。

另，黎氏散文中對世事的透徹其實也是相當驚人的。我常感慨，這樣活著似乎很辛苦，但她似乎就是完全不以為然。她就是冷，從骨子裡透出來的冷，儘管她不承認。她也有愛，但也是冷。那些友情、親情、愛情……擺在她面前也逃避不了理性解剖的命運。現今的浮世繪，放在她的顯微鏡下不止被放大了，還是透明的，所有的人性面都會原形畢露。也許正因為這樣，看得透了看得深了，對許多人事物都有了個底，她反而不再對人這種動物有太認真的要求。我常想，一個太乾淨的人其實不適合讀紫書的文章，卻也最適合。

紫書的哲學思想都很深刻的表現在其散文上，因此，她的散文很有質感，隨處可見對生活命運世界等這些大命題的噓嘆，無奈之餘，卻極為灑脫。她也常極為認真地去做些不太認真的事；必要時，她還會不太認真地去做那些其實應該很認真的事。因此，有時候我覺得紫書是個哲學家更甚於作家。

而對我這種活得不太認真的人而言，讀紫書的散文，其實是一件相當嚴肅的事。我一直都在嘗試，並努力的解讀著自己喜歡的作家。成為一個渺小並卑微的讀者，其實也沒有很認真的目的，我只是想認真地等一個人，寫完她自己的人生。就這樣。

別急哈，我有一輩子的時間慢慢等。

目次

一‧寄北

二・西走

三・逐處

四・良人

一・寄北

這所謂祖國，
所謂原鄉，
成了我歲月中的賓館，
生命長旅中的驛站。
——射手座人語

寫意

我在等。春天，還在傳說中。雨最先來，而除了雨，我覺察不到春意。於是這週末，唯有小樓連夜聽春雨。還有雷，像在高空的一盞鎂光燈；有一下沒一下，電光火石。誰知道呢，也許是外星人在記錄地球上的這個城市。

春是怎麼回事啊。樓下的樹木依然形容枯槁，草坪上的新草也稀疏得很；天空灰頭土臉，厚厚的雲層是她穿了整個冬季沒洗的髒棉襖。可憐那一排在大路旁站崗的瘦樹，好不容易熬過去一個冬天，竟然在這時分被工人們全部放倒。遠一些的兩條小路，兩個月前才費了些周章重鋪一層柏油和石子，這兩天卻被獨臂機械用巨大的耙子刨開。因為這陣子天陰雨濕，覆水難收，破敗的大路上終日水汪汪，這下連小路也被沒收，蓬萊此去無多路矣，交通忽然變得極不方便。

下雨的春天傍晚，我坐在窗台上看這些不可理喻的日新月異。幾天前倒在路旁的樹幹已經被清理，被剷除了的路也覆上泥沙，與兩旁的顏色和材質銜接起來，天衣無縫，幾乎像是經過高手毀屍滅跡，完全看不出樹或者路存在過的痕跡。我得為此發個呆吧。曾經那麼努力扎根的樹就如此輕易消失了。路呢？人們早上才走過，傍晚回來遂迷不復得路。此城真像個離奇的魔法衣櫃，所有變化都可以意氣用事，無邏輯可循，無怪乎外星人要來拍照留念。

說到魔法衣櫃，不期然想起小叮噹停泊時光機器的抽屜。那是小時候覺得最炫最神奇的時空觀念。鑽進一個不起眼的書桌抽屜裡，乘坐時光機這裡來那裡往。記得那時光隧道裡飄浮著許多變形的時鐘，如同薩瓦多•達利魔幻的畫。但現實裡我們在時光中無機可乘，看看這城，無時無刻不在改變它的布景，此刻你不認真看它記住它，也許下一刻就要失去。想那春季遠遊歸來，沒準也會迷失，或躊躇在門外不敢入內。

因為雨，天很早便暗下來。雨色濛濛行者寥落，此景乏善可陳，像個搭好了但未有戲上演的舞台。我拉上窗簾的一瞬，外星人又咔嚓咔嚓多拍了兩張照片。又像神祇在眨眼，投石一樣，激起我腦中的靈光。沒的想起那一句，多情自古傷離別，更那堪冷落清秋節。

電光再閃，看見小時候在大伯公廟演酬神戲的鐵皮棚子，日間觀者稀，台上演出的都是些沒精打采的老伶，服飾業已襤褸。妝化得十分敷衍，鳳眼勾不住已逝韶華，而白臉裂裂，如破敗的牆。

天要黑了，暮靄沉沉，正是練瑜伽的好時段。不亮燈，室內留光一束，由電腦螢幕去投射。天色愈稠，白牆上放映的人影便愈清晰，乃至十指可辨。配上一室古韻裊裊，覺得那牆像在播放著一個人的皮影戲。想起洞壁敦煌，這瑜伽於焉有了點樂感，恍惚修煉，恍惚舞。眼鏡蛇式似乎做得更流暢靈動了些，影子像一個不再附屬於我，出竅了的魂魄。

這白牆和投影要比一面全身鏡更具情趣和意境。它勝在似是而非，空間感如夢似幻，境界便能無限延伸。人世中能禁得住一個大特寫鏡頭的物事並不多，看得太真切，也就是在封禁事物背面那個無垠的想像空間。生活如同肉身，都在僵化，都有太多局限，都是生命的桎梏。聽過某瑜伽導師說，我們在日常生活中做太多前傾的動作了。是的，一如蘋果必須打在牛頓頭上，前方或許也有個未經考證的萬有引力。且看肉身的生成，我們的進化，世世代代都像蛇聽見弄蛇人的笛音，在在呼應著「前面」的召喚。而所謂修煉，往往，是在身心上對各種引力的一種抵抗。

盤腿吐納的時候，雨聲已歇，魂未收齊，我又想到最近老在想的，要到內蒙古走一趟。不知春是否已經在那裡攤開她的新草蓆做日光浴了。想到草原讓我騷動。想到草離離，風獵獵，想到天河湧雲逐單騎。想到路的隱沒，地平線的遠退，想到馬蹄踏著歸雁的影子。而這時我睜開眼睛，看見烙在牆上的孤影。她雙掌合十，一派自得，似未發現我的心蕩神馳。

37 協奏曲

醒來後猶能記住的，我一般不把它稱作夢。我習慣了夢的常態，它像一根冰棒擱在仲夏夜虛幻的故事裡。像古人燒香為限，冰棒全融了故事也就如同灰燼掉落。醒來後我會因夢過而恍惚，彷彿有一部分游離的魂還迷失在夢鄉尋不著出路。但我總會忘記那些夢裡的情節與人們。就像我記得自己通宵達旦地吃掉許多冰棒，但我一點記不起箇中滋味。

能記得住的那些，我把它視作意識中的攝影。那很累人，就像徹夜扛起一台攝像機在跟進自己的意識。而今晨醒後我仍然記得那些寬敞，漫長，幾乎無人的夏日街衢。我在那街上看見自己的老同學，她們零零落落地坐在不同的店鋪前，有時候是在一個「禁止鳴笛」的指示牌或一根看來像昨天才剛豎起的電線杆下，織毛衣，打盹或純粹晾晒自己。她們之間互不往來，偶爾翻起眼，用長者那樣慈祥又帶點靦腆的目光看向我的鏡頭。

無所事事的姿態讓人看來臃腫而老。人們多麼悠閒，把織好的毛衣或圍巾一件一件披掛在自己身上。來個什麼奏鳴曲，A大調。烏鴉與白鴿在電線上倒掛，依序排列成鋼琴的鍵盤。城鎮好大，路無窮盡，我一定穿著滑輪靴吧，影像十分流暢，如平原上的風那樣滑過人們沉靜的面容。

可惜我終於是看不見自己的。我的攝像機經過那些店鋪的櫥窗，那裡面陳列著一些老舊的彈珠、假首飾，以及畢業時我們互相交換然後失落的紀念冊，卻沒看見玻璃上有我的鏡像。然而我知道自己仍然是個孩子，也可能是個少女，要不然老同學們不會以老奶奶般，微慍但寬容的臉迎向我的觀景窗。

給你們配一曲Bregovic的Lullabu，電影《瑪歌皇后》。我抬頭，廣角鏡裡的藍天流雲如瀉。朋友，難道我們真要這樣把餘生寄養在這空無的邊城？就這樣，坐在每一個自己選定的路口，趁時光不覺，偷偷預支明日的午憩。在輕微的鼾聲中，空茫地等待空中播放屬於自己的片尾曲。如果人生就僅僅如此，我已經選好了，《獵鹿人》裡的Cavatina。

醒來時我心有不甘。就因為天亮麼？竟如此無力地淡出我自己拍攝的夢境。夢若可解，要解的便是這種自己設計的片段和場景。孔子說他三十而立，四十而不惑，五十而知天命；朱大可說他很早便洞悉了自己的命運。而我活到這歲數，才逐漸明白自己尚未完成，至今仍然是個毛坯，一個尷尬的半成品。是以這「夢」倒影我的困惑與徬徨：不相信邊城之為天涯，不相信獨占一個路口就能坐成靈山。

思考真是種了不起的能力，日有所思故夜有所夢，它讓軌道綿延到夢鄉，以虛幻的形式呈現出現實生活的倒影。老同學們，你們又要說我想太多了，聽一首歌，看一齣電影，讀一首詩或做一個夢，怎麼都有太多的反駁與詰問。別擔心，請坐在那裡繼續編織我們的生物性；為人女，為人妻，為人母，一件一件完成，一層一層披戴。我以為向生命提問是沉思者才有的權利。是上帝，是上帝，出門時祂讓我從袋子裡抓一把什麼東西，對我說，拿去，去完成你自己。

讓我再多嘗一口存在的滋味吧，人生，譬如朝露，去日苦多。思考讓我相信自己是受上帝恩賜的孩子。所以我才能有那樣一個非分的夢，為歲月與命運剪輯一個三分鐘的短片。相信我吧，在我夢鄉中的邊城，你們多麼美麗，十分安詳與篤定，彷彿相信自己已抵達神所應許的迦南地。而我，當初在上帝的袋子裡拿的不是織針與毛線，卻貪心地抓走一大把魚鉤。

明日是婦女節了，舉起你們的酒杯吧。讓我給你們有點空茫的午後斟滿新釀的笑話——關於那些魚鉤，後來我才明白：原來它們不是魚鉤，而都是問號。

都只是問號。

清明志

春夢淺而單薄。別碰我。看，春煦微亮即穿透了它。夢裡的我正低頭收拾行囊，被那乍現的金色晨曦驚了一下。我從夢裡轉過臉來，發現夢出乎意料之外的剔透，看得見夜寒猶如露珠，點點滴滴綴於夢外。於是我愣在那兒，太陽攀到某樓宇的天台上看我，看我多麼像被標本在樹脂中的一隻蟲蟻。

城市看起來很新。新得有一股剛髹過漆似的裝修中的氣味；新得像施工中尚未完成。飛揚的沙塵讓陽光裡的景色看似微粒粗糙，有一種過度曝光的味道。但這終究還是一個老世界。太陽是上帝說有光，於是給自己亮了一盞檯燈的老太陽；自從在后羿箭下逃過一死，僥倖活下來便歲以億萬計。地球是初綠的春草下無數次蛻皮龜裂又多少次重新整合的地殼與山河；千年的文化古舊的歷史。而人還是老樣子，人為財鳥為食，疲生勞死。

「早晨的世界已經古老」，是在班・歐克里（Ben Okri）的小說《飢餓之路》裡，最後一個被我用橘色螢光筆畫起來的句子。奈及利亞詩人用七百多頁厚的書吟唱黑色大陸上的生死與希望。讀完它正好趕上清明，也剛好回覆了舊友要我填寫的問卷，卷中最後一道問題是：當你離開，你最希望別人記得你的是什麼？

我記得在老家的時候，每逢清明時節，總得與家人到義山去拜訪那些已經離開的人們。我卻不記得這些躺在墓中的逝者，甚至也記不住那些去尋訪的路。義山多坐落偏郊野嶺，山上望不盡的丘陵和數不盡的巨墳與荒塚。幽徑很多，大多蜿蜒如蛇，見人來便鬼鬼祟祟地鑽入不久前才稍加整修過的野草叢中。每年我們都得花些時間去辨認。時節的雨讓路變得難認又難行，而車裡的儀表板沒有指南針或羅盤，我們只好走下車來，把識途之事交給記憶和眼睛。這時候，平時在家中終日昏昏的老嫗會突然清醒，面東南指西北，喏就在那裡，有路可循。而彷彿她說了以後便真有小徑豁然開展，像墓中的逝者先認出她的聲音，遂過來撥草相迎。

墓是個夫婦合葬的穴，碑已修好，已逝者生於何日卒於何年。至於老嫗的那一邊，卒年未知，便塗以紅漆，狀如裁判手上的一張紅卡。放頭像的位置是一個直豎的橢圓形，婦人的頭像暫時懸空，上面的紅漆已然斑駁。逝者的瓷照不知哪年哪月被惡意破壞，已經居中裂開並墜落下來。我記得那年老嫗把分成兩半的瓷照撿回去，家人說要再修，她卻執意不從。每年的這個時候，我都會對老嫗感到好奇。一個活人年年要來收拾自己以後的葬身之處，看她戴著寬簷草帽，蹲在自己的墓前默默除草燒香，向逝者的一生與自己的此生奠酒上祭。看她的不動聲色，偶爾抬眼端詳碑上的文字。真懷疑她難道可以不去想像死後要與睽違二十餘載的丈夫共穴長眠。而一個合葬穴，封建得命運似的，幾乎像是許來生。

當然我也會想，彼時彼刻，逝者若泉下有知，又該有怎樣的心思。而二十多年，別說地下的骸骨或者已天人合一，興許連靈魂也早已雲消煙散。不如舉杯吧，一尊還酹江月。

所以我會希望別人記住我什麼呢？或許我們都希望自己的活著是一件有價值的事，然而我們若有能力為自己的生命創造出什麼價值來，那價值本身也總是相對於某些人才會產生意義的事。倘若「別人」不是我生命中重要的人，我何必在意他記不記得我。而我此生或曾是別人生命中至關緊要的人，那即使離去經年，即便沒有了可供記認的頭像，那人心裡總會有記憶我的一套方式與符號。

在我覺得初春依然十分寒冷的時候，這裡的草木已經展現出它們堅韌的生命力來。昨日我在路上看見桃花盛開，忽然覺出歲月的美好，大自然的執著與生而為人的脆弱。想起紀錄片中極地求存的帝皇企鵝，想起每年冒死奔遊到同一個地點產卵的湄公河巨鯰。還想起什麼呢，想起那些年年遠走三千公里，為了一方水草地而險渡馬拉河的非洲角馬。有時候我會羨慕這些動物世世代代堅守著那樣簡陋的生存法則，而玄妙的是，明明以為是送死，竟又是往生。

相比起動物，人類大概要複雜些，但其實並沒有聰明或進步了多少。前些日剛讀了些學者重新評價孔子和魯迅的文章，不免要生嘆喟。我們竟走到了這種地步，再也無力創造新的大師，唯有世世代代拿著舊典籍，解讀它們，選擇擁護或破除，再從擁護者和破除者中推選名家。這樣的生存讓我有一種很侷促的空間感，人們彷彿真以為這裡已種滿了幾千年幾百年的參天巨木，再也沒有足夠的土壤讓新草木去尋找生存的出路。

我就這樣活在比昨日更古老一些的世界裡。像個成不了仙的精靈，喜歡坐在樹的濃蔭下，過著貪懶好逸，天天喝咖啡讀閒書，如春夢般虛幻淺薄的小日子。偶爾也感嘆年與時馳，意與日去，卻自知從未努力要記取什麼。世界是這樣的，路能引來祭奠者，也可以帶來破壞者。如果我可以不要墓也不要碑，又豈會在意那一條年年召喚尋訪者的小徑？

話說得瀟灑，而我終究活得比其他動物要複雜些。有時候會意識到自己在對抗自然界的定律，對抗悖逆自然的城市發展；對抗命運書寫者的草率，人世的不公，命途的舛駁；對抗偏頭痛和美尼爾綜合症；對抗欲望，奢想，思念，冷漠，空洞。我想到「流放」這個詞，我以為到世上來這一遭，我們都是苦行者。我唯獨不知道現實或者夢境，生或者死，哪一種才是流放的狀態。

夏季快板

陽光什麼時候才可以乾淨一些呢？

乾淨得可以讓我像一隻小狗那樣，安心地躺在庭園的草坪上睡覺。乾淨得連睡著的時候，也忍不住伸舌頭舔一舔落在唇上的陽光。

然後我就記起了加州陽光的溫度。聖塔芭芭拉大學裡的年輕人，踩著滑板疾駛在校園的人行道上。我想起與哀愁無關的一切。聽聽Gary Jules的這首歌，Something Else.

They never tell you truth is subjective
They only tell you not to lie
They never tell you there's strength in vulnerability

They only tell you not to cry
But I've been living underground
Sleeping on the way
And finding something else to say
Is like walking on the freeway
They never tell you you don't need to be ashamed
They only tell you to deny
So is it true that only good girls go to heaven?
They only sell you what you buy
And I've been living underground
Trying not to burn
And finding something else to learn
At Hollywood and western

在吃山楂餅，抱膝，喝暖開水，看Shel Silverstein的繪本。翻到〈自私小孩的祈禱〉——「現在我要躺下睡覺，真誠地向我主禱告。如果我在醒來前死去，求主讓我的玩具都壞掉。這樣別的孩子就再不能碰它們……阿門。」我噗哧一聲笑了起來。

我可以選擇這樣空白。把兩隻空空的口袋從褲子兩邊掏出來，嘻皮笑臉地攤開我有點髒的手掌。陽光落下來，也有點髒兮兮的，我把它給你，連同我喜歡的音樂。叮叮咚咚。還有還有，我搜到了，外衣的口袋裡殘餘著梔子花蕾的吐納。

夏天了吧。想起荷蘭隊的球衣。荷蘭隊會讓我想起很久以前的古烈治，他那一頭像是很多天沒洗的寶黛麗。記得在香港的時候，我也總是那樣盯著一個非洲女作家的頭髮，心裡七上八下，多想問她這頭髮要怎麼打理，會不會有蒼蠅住進去？

你會叫我正經一點嗎？荷蘭隊要回家了，還有我喜歡的葡萄牙。歐洲杯半決賽我只仰慕門將凱西利亞斯，所以我要把所有精力留給六月二十七日凌晨。你不會怪我吧？物價一直在上漲，股市一直在下滑。我的朋友都在嚴陣以待，為一份薪水寫出九十九種節約方案。而我所能做的是騎自行車橫過大街，到附近的菜市用一元一角買好大一個捲心菜。好大一個！洗菜的時候還能洗出一條害羞的菜蟲來。嗨，菜蟲你好。

你說，菜蟲去了下水道以後，生活過得好嗎？

真的，我不想讓生活壓榨我。我也可以想像歲月騎著ＥＴ才騎的名貴自行車在街上看夏日美女。有看不夠的，他再轉一個圈回來，美女已變成了安娣。我也可以選擇Gary Jules的Mad World，坐在日光漸沉的窗前自憐自傷。而我知道我可以說不，我可以說我要Something Else。我可以把灰黑色的往事掃到我的影子下。踏踏踏。把它踩平。

給你一掌梔子花香。山楂餅要不要？音樂播完了嗎？要不要再斟一曲？我從老家帶回來很多很多白咖啡，還有果醬，還有米粉。廚房的壁櫃被撐得很飽，似乎只要打開櫃子便會有速食麵或木耳或黃花菜吧嗒吧嗒掉下來。

這季節，滿街的李子和桃。那麼多，讓我感覺豐收。你不曉得我有多喜歡看見染上夏日光澤的油桃，它讓我憶起家鄉的蠟染。吃它們的時候，我懷著感恩之心。這份虔敬與快樂，非吃山楂餅時可比。

我知道我可以任由自己沉溺在暮色裡，坐在陽光逐漸變冷的窗台上獨自悲感。我可以去想那些愛過的人終於分離，也可以在禱告中說神啊如果我在醒來前死去，請讓那些愛我的人相信，無論去到哪裡，我都會好好照顧自己。

啊我睏了。我要早些休息，我要養精蓄銳，等二十七日凌晨為凱西利亞斯叫好，一如數年前我喊費戈費戈費戈。好了，有什麼哀怨的憂愁的事，等過了歐洲杯以後再談吧。我還得再想想明日的事，明日，明日我該拿什麼過濾陽光。

尾聲

房子裡無端端住進來一隻蟋蟀。小個子，孑然一身。想必輕功很好，竟然能跑到十樓來。而且選中了我的房子。沒打招呼，拿著牠的小提琴，逕自在浴室落腳。

是夜，就給我奏了一晚的小夜曲。夜曲很長，夜涼如水，便覺分外漫漫。蟋蟀的音樂底子好，演奏功夫了得，音質好得沒話說。白日裡聽了八個小時的蟬鳴，我的耳膜都要生繭了。那些蟬，因生命苦短，整個夏天都糾眾在園子裡聒噪。社區的庭園成了末日花園，彷彿無數生命來到這裡便已窮盡。蟬喊得聲嘶力竭，傍晚時引來群蚊亂舞，飲血廝混。碧亦有時盡，血亦有時滅，是耶非耶。

前些日有一隻莽撞的蟬，也許是要過別枝，卻不知怎麼停駐在我廚房的紗窗上。小傢伙鼓脹的巨腹如一台劣質擴音器，五音不全，卻聲若洪鐘，一整日敲著牠求歡的破銅鑼。

蟬聲單調而機械化，讓我記起老家那些收廢品的麵包車。陽光花，樹影短，長街來來回回地飄盪著被大喇叭摩挲過的叫買聲。old newspaper，收舊報紙，suratkhabar lama。

這蟋蟀也許是被蟬聲轟出來的吧。或許是這小音樂家忍受不了昆蟲大雜園的喧嚷，才下定決心離開那一片綠茵，去覓一塊適宜獨奏的清淨地。還有什麼地方會比我這裡更適合呢？自從電腦出故障以後，這房子已多日沒被餵以音樂，像滴水未進。每日，只有乾燥的蟬聲，以及高速公路上銳利的速度感，在慢慢刨錐這小小的空間，一點一點地抽去空氣中的濕意。於是小蟋蟀來了，也許是房子把牠喚來的。如同荒塚招徠蛇蠍百足，如同久旱招徠雨，寂寞招徠愛情；歲月和生活太荒涼了，就會招徠命中的不速之客。

小傢伙奏的天籟讓我一夜睡得很安穩。彷彿曾經夢回兩年前住過的半山小木屋。夜裡那麼多蟋蟀昆蟲與夜鳥大合奏，一地的草一山的樹都在吐納修練。或許我也曾經抱著枕頭，以輕微的鼾聲和應。蟾蜍舒捲牠們濡濕的長舌製造一種拉鍊似的聲響，壁虎在用低音求愛，貓頭鷹在嘀咕，蝙蝠在打飽嗝。太美滿的夢讓我察覺是夢，於是我狠心地強行睜開雙眼。房子盛了薄光，小蟋蟀仍然陶醉在牠自己的演奏會裡。噓。

畢竟是獨奏，醒來後，便覺音樂淒清。這裡是城中的十樓小居呢，小蟋蟀，你我的空中樓閣，我們思考或演奏的清淨地。就幾十平米，這樣的空間，單憑你一把小提琴就能輕易把它灌滿。外面卻是一個紛擾而無垠的世界，就像被蟬占領的夏日花園，我們的聲音再嘹亮也都微不足道。

到這裡來已有些日子了，奧運不是剛過去了嗎。記得以前但凡有人問我為何到這他鄉來，我都會說是要開眼界。你到我這兒，是不是也曾經有其他小昆蟲爭相探詢呢？我猜，這房子於你是多麼地巨大，卻又何其狹小。就像我明明知道這大地廣袤，卻又囿於它的人山人海與無形的封閉。真的，即便是在網上，我也常常感覺四處碰壁。許多海外朋友的部落格，現在我都上不去了；有時候費心在網上打字留言，那些文字會在轉瞬間被連根拔起。有時候我懷疑是外頭的喧囂將我的聲音吞沒，而最近我懷疑自己已不知不覺地被隔離，或者被消音。

是不是因為這樣呢？小蟋蟀你憤而離開青草地，流浪到鋼筋水泥的樓房裡。朋友告訴我，一隻蟋蟀是活不過冬天的。活不過冬天，卻來為我奏樂催我安眠，你讓我憶起王爾德的童話，《安樂王子》裡那隻多情的燕子。

「……那天夜裡牠飛過這座城市，停在安樂王子腳下，打算美美地睡上一覺，第二天再趕路。忽然一滴水落在牠身上。天空這樣晴朗，怎麼會下雨呢？牠正在奇怪，又落下來第二三滴，原來安樂王子在哭泣……」

回去吧，我真怕這樓房裡的孤獨會讓你抑鬱而終，或未及冬天便過早地往生。更重要的是我並非安樂王子，沒有渾身金箔、一對藍寶石鑲的眼珠、劍柄上鑲了紅寶石的佩劍。我只有這些了，像銅板硬幣那樣零碎的一把文字，撒落在地上卻無聲。

我讓蟋蟀在房子裡住了兩個晚上。昨日清晨，把牠請入甕中，再帶到樓下的庭園去「放生」。一大早，已有蟬在亂撥牠們的電子樂。你回到不久前才整理過的草坪上，小心翼翼地探索既熟悉又陌生的環境。我四處看了看，身後，只有一個騎自行車的高個兒看到我蹲在樹下向你揮別。再見啦。答應我，好好度過你的餘生。

與蟋蟀告別後，我穿過曲折的石板小徑走到社區的一家小商店買早餐麵包。路上有成群的蜻蜓繞著我飛舞追逐。夏天啊夏天啊，天堂大門前的末日花園。

當時明月在

我有那麼喜歡秋天。閉上眼睛吧，親愛的，我遠方的朋友。霧如潮汐，漫過盛夏以後正逐日褪色的場景。

花在凋零中。

但總會有一些花願意耐著性子等候。從春等到秋。直至向日葵梗了脖子，那些過度烘焙的派餅臉上沒了光澤。總會有其他慢性子的花願意等待。等三蛇肥，百花蔫，等陽光在麥穗上練成冶金術。這時候，有些花才慢吞吞地綻放。

都是些性溫和，好涵養的花吧。菊，芙蓉，山茶，月季，桂花，寒蘭，秋海棠。長相都不怎麼招搖，一副慵懶知福，或孤芳自賞，不喜與人爭的姿態。

於是這季節也有花盛開。霧靄沉沉，她們安靜地抬起頭來。花與霧。想起什麼呢？我想起這個——蒹葭蒼蒼，白露為霜，所謂伊人，在水一方。

因為中秋快要到了。想家。老家的月餅皮薄餡厚，油水足，舉世無雙，而且很少會過度包裝。這些天我在超市裡看到許多金碧輝煌的月餅禮盒，金色沉鬱黯啞，朱紅有點封建；盒子作鏤空效果，雕欄玉砌。但我只想念老家的月餅，富山茶樓，海外天。

而既然吃不到老家的月餅，我唯有耐心等待那一輪天涯共此時的月亮。想中秋夜裡，月亮像個巨大的熱氣球升空。屈指一數，還有幾天呢。這時節，能不拈花惹草，吟風弄月嗎？要的。李煜說，春花秋月何時了，往事知多少。而我覺得更上心的是這一句：涼風有信，秋月無邊。

我說的是粵劇《客途秋恨》，可我腦裡播放的是港片《胭脂扣》。梅豔芳演石塘咀名妓如花，身著男裝，唱道「小生繆姓蓮仙子，為憶多情女子麥氏秋娟，見佢聲色與共性情人讚羡呀，更兼才貌兩雙全……」啊，竟如昨夜夢魂，才驚豔中，電影裡的梅豔芳與十二少張國榮，卻已在現實中相繼辭世。人間如斯寂寞。

前兩日是陳百強的五十歲冥壽。他死去十五年了。這些年黃霑、羅文、沈殿霞相繼故去。人生如客途，這些才子佳人行色匆匆，給時代以五光十色，用他們的歌聲為人們的青春配樂。而今他們走了，似乎也捲走許多人生命中最美好的年華。

是的，本該說中秋的事，我卻像在說清明了。誰讓中秋落在這愁煞人的季節呢。再說我獨在異鄉，旅夜書懷，不免生客途秋恨的感慨。到這裡來一年多了，住的這樓房依然空房子比人多。不知從哪一日起，也許就在奧運結束以後，窗外的景致，便總有那麼點梧桐更兼細雨的意思。再下去，秋草黃，落葉滿階，更那堪冷落清秋節。

但是我一定對誰說過，我喜歡秋日。總有一些花要等到秋季才願意綻放。像有一些女人，要等青春不再了才漸漸美麗起來。秋季的風華不同於春夏，又不像冬天那樣孤高蕭颯，她是個收成的季節，飽滿，豐美，恬淡，泰然。你或許不會同意，但我想到了蔡琴的厚唇與她的聲音。

秋日時我有不少的回憶可以採集。儘管離家並不很遠，離開的日子也不算長，但這片大陸我已走過好些地方。這些天我常常閉目去記憶那些親眼見過的名川古跡與海拉爾草原上的天，牛羊，人們。這些都很美好，想起它們，記憶便如風拂過草尖。然而我畢竟是旅者，沒有足夠的感情為這些畫面定色。它們經不起回想。我在夢裡微笑過一遍兩遍以後終於會把它們忘卻，我知道的。但我無法肯定會不會有一天，待我年老，也會像許多患痴呆症的老人那樣，在苦思著今天的早餐吃了沒吃的時候，忽然記起——

天把雲抖下來，地上的綿羊如白色花椰菜盛開；風，車廂裡的詩人，路上的馬頭琴。

如果是那樣的話，我覺得真像是給年老的自己寄一疊美麗的明信片。你會在哪一張明信片裡呢？你們會在哪裡？啊，不想了。秋心為愁，再想就要愁思百結，獨自怎生得黑？

不管怎樣，中秋還是要過的。給母親搖了電話，對著話筒大喊家中狗狗的名字，聽牠們興奮地狂吠起來。前兩日還到超市裡買了兩隻形象簡樸口味傳統的月餅，帶上一大瓶青島，還有些油炸花生米。窗台上鋪了一張破墊子，音樂也準備好了。萬事俱備啊，就等中秋吧。等我們的月亮升起，等天涯共此時。

來，乾一杯吧。

醉不成歡

月亮很遠。有多遠呢。不知道，但嫦娥去如黃鶴，從此不歸，且音訊杳然，徒留世人以無邊遐想。廣寒宮，聽起來像是很大的地方，嫦娥獨自一人，每天疲於打掃，多受罪，不下於伐桂的吳剛。

李商隱說，嫦娥應悔偷靈藥。悔？子非娥，焉知娥之不樂。如燈蛾撲火，吾等俗子凡夫，唯扼腕而已，又如何能解。

別掉到莊子與惠子兩個老人家鬥嘴的怪圈裡。我以為那是《莊子・秋水》裡的另一番「白馬非馬」論。不管莊子多麼為自己的詭辯能力而自喜，後人畢竟只記得「子非魚，安知魚之樂」這提問，再沒多少人記得住莊子的豪辯。莊子終究無力解答惠子的問題。魚之樂，愚之樂。就像世人總說精神病人最無憂無慮，可誰真想從此入瘋魔，享受那想像中純粹而空洞的快活？

莊子喜歡垂釣，想必愛吃魚。他拿魚說事的諸篇章中，我欣賞的是《莊子・大宗師》裡的「相濡以沫，不如相忘於江湖」。說得好。儘管有那麼點沒心沒肺，與其共患難不如各自福貴。但人與人之間的關係不往往是那麼回事嗎？或由處境造就，或為勢所逼，多少有點無可奈何。此生，愛誰或恨誰，我們其實沒有太多選擇的機會。

「相忘於江湖」意境過於唯美，真實中，我們再了不起也不過是活在各自的魚缸裡。魚缸總比涸泉好，即便是在一窪濁水中當泥鰍，也強勝於在涸泉中相噓以濕，相濡以沫。那樣地萬不得已，因時日無多又別無選擇，像是被命運與處境押著相愛。

想起張愛玲〈傾城之戀〉裡的范柳原與白流蘇。也想起少年時參加某些團康遊戲，我就害怕那樣的時候——遊戲規則突然轉變，各人必須在電光火石間覓得一個同夥，好進階下一輪雙人一組的遊戲。那些找不到夥伴的會被淘汰或甚至被懲罰。由於禍患逼在眉睫，誰也來不及精挑細選，只有不假思索，伸手抓緊身邊人。而你還得擔心會被對方拒絕，怕會被這殘酷的遊戲規則所棄絕。

誰會是身邊人呢。你們用帶點乞求意味的目光相望，適時地展示禮貌和表現友好，反正就得相依為命了。彼時你最好的朋友或許就在對面，咫尺天涯，鰈離鶼背；他也正牽著另一人的手，像抓住一個救生圈。

有一天我們會明白，相愛並不意味我們就會被揀選，或是被成全。

這是我中秋夜裡望月懷遠時想到的。那一晚的月亮對遊子和文人特別溫柔。我昂起臉來，坐在那從外頭看來肯定像個魚缸的窗台上，茫無頭緒地等待靈感。那一夜我想起的多與月亮無關，與鄉愁無關，倒和莊子有關。他的魚，他的蝶，他的江湖。

很安靜。欲賦詩，胡思亂想而不得。再說啤酒告罄，興致索然也，故作罷。

好了，中秋就到這裡吧。為了節省能源，上床就寢前把月光熄了。晚安。

秋日症候群

只因為秋天朝我吹了一口氣，從昨天起我便一直在打噴嚏。

這樣的秋天實在酷呆了。光天化日，在人們熙來攘往的大街上，她像是在玩送獎遊戲，一眼看中了走在法國梧桐樹下的我。也許是因為我過早穿上風衣吧。也許，是因為我在研究著行人道上的石磚，走得那樣心不在焉，那樣地魂不守舍而又不知身是客。

於是她迎面而來，朝我吹了一口氣。多麼調皮，有點笑問客從何處來的意思。於是我突然鼻子發癢，在街上狠狠地打了第一個噴嚏。

秋天為什麼要選中我呢？她為什麼要對我這個南國人嗤之以鼻？從那時候起，我就一直在路上抽鼻子，打噴嚏，又用光了一包紙巾去擤鼻涕。好厲害的秋天，好大的口氣。可為什麼她那樣的不友好，偏要跟我過不去？

真不敢相信啊，去年的秋天明明是很友善的。直至回到住處，我看著鏡子裡那紅了鼻子的女人，仍然以為是自己那沉睡經年的過敏症突然發作。然而一整日涕零，滿臉秋風秋雨，感冒症狀已溢於言表。唉，事實證明今年給秋季當值的是個不好相處的傢伙。她沒事怎麼朝我吹氣？憑什麼呢。我和秋天其實也沒什麼交情，她憑什麼這般輕佻又如此不客氣？

會是因為我歲數大了麼？抑或是過去一年不小心多攝取了些化學品？什麼時候我竟然變得如此孱弱，禁不起秋天的一次小偷襲。就這麼一口氣，便覺得秋天把她的魂魄吹進了我的身體。我哈氣！哈氣！哈氣！

儘管遭受有生以來最具災難性的一次感冒事故，但肉身的煎熬無損我沉迷於某些事物的意志。哈，不就傷風這點兒事。這整日，我一邊努力抽鼻子，一邊告訴自己，天將降大任於斯人，必先苦其心志，勞其筋骨，餓其體膚，空乏其身。中國古代哲人中，大概數孟子最懂得安慰人吧。可以想像他這一番話，曾經讓無數寒窗苦讀而懷才不遇的書生，自欺欺人地熬過多少春秋。

孟先生的好意只有心領了。可我每次站在窗前擤鼻子時，不知怎麼老是生起〈登高〉

之悲情，「萬里悲秋常作客，百年多病獨登台；艱難苦恨繁霜鬢，潦倒新停濁酒杯。」這詩寫得多麼淒苦，幾乎聞得出一種慘絕的味道。哀傷至此，靈氣盡殆，便猶如《笑傲江湖》中莫大先生奏的瀟湘夜雨，格調高不起來。可俗世凡塵，人的境界無非如此而已。英雄尚怕病來磨，想杜甫先生年老時以鬱卒之心多病之軀跋涉登高，風中搖搖欲墜，自然滿肚子苦水，詩意又怎麼可能超脫。

老病之苦，由來最是磨人。生死無非只是兩個點，老病卻是兩條延伸的線。想起老家一位前同事，記得過去共事時他還倜儻風流，總是一副得意洋洋的神色。近日卻聞說他患病多事，在家中求妻兒將他砸暈送院而不果，竟以頭撞牆求死。這種消息聽得人背脊生寒，頭皮發麻，毛骨悚然。尤其是在秋天吧，悲哉秋之為氣也，蕭瑟兮草木搖落而變衰。所謂傷春悲秋，秋季可正是憂鬱症病發與傳染的旺季。但凡文人寫手，藝術細胞與音樂細胞過盛之士，雙魚座人，黏液質女子，產前或產後的初為人母者，切記要慎防嘆逝、傷生、思鄉，懷遠等併發症。哈。

為了對抗秋天的強大感染力，這些天我特別用心研究我的翻譯。專注的程度接近沉迷，幾乎達到年少時砌拼圖那廢寢忘食，嘔心瀝血的境界。我砌過好些大型拼圖，少則三千小塊，多則五千小塊。可每次砌成以後都毫無例外地把完成品解體，沒有一點不捨或惋惜。這做法我自己年輕時也不甚了了，直至後來，當我已經年長到懂得以減法去數算自己的年月以後，我才逐漸了解——那最終的「摧毀」在我的潛意識中是一個完成。我賦予它意義，讓它成為最後砌上去的一小塊。它是一顆句號。或者說，在這潛意識的更深層，我以為這摧毀其實正是一種「還原」。它們，所有的小塊，以最初的狀態回到盒子裡了。

寫到這裡，我已經不打噴嚏了。但秋天的魔法不容小覷，顯然她已經在我的腦子裡勾起了一些冷色調的回憶。我忽然想對誰說說自己後來怎麼不再砌拼圖了，儘管我現在想起來仍隱隱感到不痛快。那是因為最後一幅拼圖，一幅五千小塊的巨幅風景畫，我最終只砌了四千九百九十九塊。

最後那一小塊，我怎麼也找不著。

愛別離

一切有為法，如夢幻泡影，如露亦如電，應作如是觀。

——〈六如偈〉摘自《金剛般若經》

彷彿候鳥，天冷了，便想飛向南國。

而天已經變冷。霜降已過，漸入冬。別以為我不知道，太陽神每天都在稍稍改變他的航道。每天清晨，我在夢中聽到阿波羅的黃金車與徹夜趕路的載貨卡車一起轆轆駛過；他下午五點鐘準時下班，倒是未曾聞車轔轔馬蕭蕭，而蒼天卻在目送紅日西馳後，於頃刻間萎靡。常常是那樣的，只要偷個懶閉目養神，再睜眼便看見白天已然落幕。這總會令我錯愕，感覺像錯失了一場電影的大結局；怎麼可以就這樣把黃昏省略掉呢。

這幾日天色看來不很健康，老天爺的臉與經濟局勢一樣暗沉。太陽神的黃金車改成銅制了，別以為我不知道。白天正被悄悄裁剪，人們身上的衣料卻在與日俱增。葉枯草敗，秋去冬來。唉。我聽到了，北方以北，冬如憤世嫉俗偏又千年不死的白髮魔女，正在某個山頭散髮揚鞭，生風虎虎。

去年陪了我整個冬季的毛衣，終於又重見天日。這毛衣隨我從老家過來，以前都沒見識過真正的寒冷。就去年一個冬季，它好不容易才千帆過盡，而今其色已衰，其形亦殘，有兩枚扣子凋零著呢；蕭蕭其觀，瑟瑟其狀，似乎比我更畏寒。

可我說過不會把這毛衣扔掉。畢竟它曾經給過我相等於一頭綿羊才能給予的溫暖。我把記憶，希望和一些主觀而私密的情愫編織其上，讓它比皇帝的新衣更要神祕；本來無一物，偏會惹塵埃。倘若你僅僅是個聰明人，倘若你僅僅有點小智慧，你終究無法心領神會。而你若領會了又當如何？一切有為法，不過如此而已——如夢幻泡影，如露亦如電。

這是〈六如偈〉。它讓我想起號六如居士的唐寅，或東坡之妾王朝雲。朝雲臨去，誦六如偈以絕。可我每次想像這場面都覺得怪誕。朝雲有情有義，相隨被貶的東坡同去惠州，此後不離不棄，怎麼想都像是個心有所執，其志有所守的人。可她三十四歲香消玉殞時嘆的是萬法皆空，吟六如偈，夢幻泡影露電，而不是來兩句「山無陵，江水為竭；冬雷震震，夏雨雪。天地合，乃敢與君絕」。

〈上邪〉這情詩讀來總覺得過激，與六如偈適得其反。這樣的句子或許更適合我心目中伺冬風與怨恨的女神練霓裳。她愛得多麼偏執而暴烈，不該給她一個季節嗎？讓她不死，長命無絕衰，如荷馬史詩中受罰的西西弗斯，每年乘寒風而至，到哪個結冰的湖上明鏡悲白髮。

唉。《金剛般若經》很長吧？王朝雲臨終時只念了其中的六如偈，共二十字。這二十字自然不是她通往西天極樂的咒語或暗號，大概是念給守在病榻旁的人聽的，諸法空相，勿念。若作如是觀，便倍感王朝雲的良善與體貼。時年東坡已花甲，算是送黑頭人吧，嘗的是八苦中的「愛別離」之苦，也許比死更難受。於是王朝雲告訴他，自己這肉身與兩人這些年的恩愛不過都是幻影，now you see it，now you don't.

我是不懂佛經的，就像我也不懂得聖經，藝術或哲學一樣，我總以為在它們的面前，「懂」是一個膚淺而拮据的字眼。但我活著需要一些信念，好助我對抗厄運，誘惑，幻影，不如意事，死別，生離。於是我從這些聖賢哲者的文字上東抓一把西拈一些，自行組合與配搭，像在縫紉一床屬於自己的百家被。而因為篤定與虔誠，不意竟讓它成了一種超越人生觀，卻與宗教不太相干的信仰。

我們都是這樣活著的。相信我們所相信的真理，追求我們所確立的價值。自然界的四季有序，人世的季節無常，冬天這廝總會不定時地強闖，想要統轄我們的歲月。所以我很慶幸能有那樣的一床百家被，儘管它也許有點寒磣，正如此刻披在我身上的這一件毛衣。但它確曾被嚴冬驗證過了，不是嗎？我還好好地活著。

冬天來了，黑夜也來了。我得打起精神呢。就憑這些宗教與哲學的碎片與一件像乾草編織的毛衣，我又得迎戰白髮的練霓裳，與黑衣的梅超風。

射手座人語

我回去，我回來。

終於，不論在這裡抑或在那裡，我都得對人說「待我回去」。回去怡保，回去北京。兩邊都是起點，也都是歸宿；不管我身在何處，都意味著別離。「回」這個字依然無解，它那漣漪般的形象讓我神迷，是要擴張呢，抑或在收縮？愈想愈覺得有那麼點玄幻。

一回來氣溫驟降，彷彿過去一整個月，這兒的冬季都在苦苦隱忍，非得等我回來便不肯發作。於是她用四、五級的北風與零下的溫度擁抱我，而因為旅途勞頓，機上夜不成眠，在熱切渴望著十樓小房子那一床凌亂而溫暖的被窩時，我居然感覺到這冰冷的擁抱裡有一座城市熟悉的體味，有歡迎的溫度。（遂想到俗氣之極的歌詞之「我家大門常打開……擁抱過就有了默契，你會愛上這裡。」）

但此城依然不是我城，計程車司機的口音我終究不太聽得懂。這不懂便也是一種熟悉和親切，彷彿似懂非懂才是常態；這樣若即若離，將信將疑，說不清是生分抑或是熟稔的狀態，才能讓我感到踏實與心安。因為這是座能收容我卻不需要我付出愛，或給於太多關懷的城市。我像個借宿者或是個食客，行走其中卻不會有太多的感情負擔。這所謂祖國，所謂原鄉，成了我歲月中的賓館，生命長旅中的驛站。

遷徙與趕路成了常事，飄泊感便隨華髮漸萌。我在一再轉機的過程中常常想到「離散」這個詞，它漂浮在我的腦海，一閃一閃地，像個求救信號，或一盞墜落海上的星星。在廣州白雲機場候機室裡遇上一個老太太，因為太早抵達機場了，她有點過於熱衷地對我這陌生人述說她此生的遷移，從桂林到天津，從中國到美國，然後在美國與中國之間酌量分配自己的年月和餘生。七十多歲了，老太太身體健朗，話說得不無炫耀的意思。可這於我有什麼好羨慕呢，到了那年紀，我大概已不想再出遠門。我會想要一個小莊園，努力把大岩桐和風信子種好，收養一兩隻願意聽我嘮嘮叨叨的狗兒。如果情況許可，也許我會想把莊園改建成小旅舍，然後像隻蜘蛛守在網中等待疲憊的旅者，好偷取他們的故事。我甚至拿不準自己是不是還需要一間書房，也許我寧願選擇一台手風琴或一個很好的烤箱。不管怎樣，我知道我不會再嚮往遷徙了，我不會想坐在候機室裡要陌生人猜測自己的歲數，並向他數算自己曾經的所到之處。

告別老太太時，我記得自己說了「希望有緣」。老太太一臉悵然，對我說，恐怕很難。「以後我乘的航班不會在廣州轉機了。」也許我曾經回以一笑，也許我表以一臉抱歉，但我確知這樣的機緣巧合與「航班在何處轉機」無關。真正的關鍵是：人海茫茫。正因為人海茫茫，大千世界的航線錯綜複雜千絲萬縷，正是一個玩捉迷藏的好所在。我知道自己隨時可以藉躲貓貓而遁跡，可以要來便來要去便去。真的，我們躲不過的唯緣分和命運而已。而除了它們，還有什麼可以把人與人圈套在一起？

回來後終於又可以愜意地寫字讀書。十樓夠高了，仗著暖氣，這幾日我多半垂下窗簾，把灰濛濛的原鄉和異鄉都關在窗外，好讓自己別再去意識我在這廣大世界中的位置。可就在我安心地藏匿在連緣分也找不著我的角落時，西班牙哲學家Ortegay Gassett說的一句話卻像聖誕樹上的一長串小燈泡，總是在我幽暗的心靈祕境中忽明忽滅──「對待一個喜歡躲藏生活的生物，唯一適合的應對方式就是盡量去捕捉它。」

所幸這世上沒有多少個像Ortega這樣的獵人，因此我可以安心地，像隨季候來去的燕子佇立在橫跨一座城市的某條電纜上。看看下面人頭湧湧，城市規畫得如同蟻穴。四季更迭，流光暗換。城市從原鄉變成異鄉，或從家鄉變成故鄉。我指著密密麻麻湧動著的人群，對倒掛著的自己的影子說，看吧，那些迷路的朝聖者。

年度禱告

我們在天上的父，願人都尊祢的名為聖，願祢的國降臨，願祢的旨意行在地上，如同行在天上；我們日用的飲食，每日賜給我們；赦免我們的罪，因為我們也赦免凡虧欠我們的人；不叫我們遇見試探，救我們脫離凶惡。因為國度、權柄、榮耀全是父的，直到永遠。阿門。

聖誕了，又。

就像下雪的日子會想到要偷懶一樣，聖誕的時候我就會想起應該禱告。

所以我希望這樣開始：我們在天上的父……

這個垂下頭來雙手合十的動作，總讓我感覺很無助。祢記得嗎？電影《阿甘正傳》裡被父親虐待的小女孩珍妮，與小阿甘一起逃竄到玉米田裡跪了下來。她就是這樣垂下頭十指互扣，緊緊閉上眼睛去祈求，主啊讓我變成小鳥，讓我飛到很遠很遠的地方；讓我變成小鳥，飛到遠方……

這一幕影像一直被我的靈魂收藏起來。鐵鏽色的天，收割後已經枯敗的玉米田。對於那個跪著祈求的小珍妮而言，天地大得只看得見一道地平線，卻又狹小得無路可走。

也許是太久沒有禱告了，我可以感覺自己正逐漸遺忘那些禱告中的常用詞。但我想自從離開祢的羊圈，在自我流放的這許多年裡，我已經變得多重而複雜。有些想法或許過於深沉，或許太過模糊，並非我在人間學習的語言所能表達。但我依然相信祢能懂，就像祢也能聽懂聾啞人的禱告。而在這時候，慈愛的天父，感謝祢給了我省略號。

少年時我總以為禱告是一件需要天賦的事。我一直是個不能掌握禱告用語的孩子，也常常震驚於其他主內弟兄姊妹那措詞優美且綿綿不絕的禱詞。我可以背誦長恨歌，卻總是記不全主禱詞。這語言障礙維持至今，我幾乎記不住任何領域的專門用詞，並且也已經相信這與大腦某海綿體的相容性有關。

聖誕節了。這從來不是一個可以讓我蠢蠢欲動的理由。自我對這個節日有所意識以來，它一直是靜態的。最初，我坐在觀眾席上仰望舞台，看青少年們一年一年演出耶穌的降生。後來我自己就在台上了，似乎扮演過帶著禮物去迎接人子誕生的東方博士。嗯，當我與其他兩個黏了假鬍子的博士在馬廄中站成一排，背景音樂一定是Silent Night。以後我告辭了教會歲月，這歌曲依然是我的聖誕節主旋律。

聖誕是該來一點烤火雞的吧？但我只打算給自己弄一盤Home made義大利麵。就像冬至那天我用雲吞來替代湯圓。那天是週末吧，奉冬至之名，雪下了一個晚上。清晨醒來發現一個潔淨無比的世界。雪後的空氣彷彿經過殺菌似的純淨，而雪如白絨覆蓋，視覺十分柔軟，讓我想起無數隻北極熊趴在地上，以及大杯卡布其諾那滿溢的泡沫。

那一個上午我偷懶沒有寫字，卻端著咖啡坐在沙發或窗台上監督時間在它的跑步機上追逐勤工獎。天寒地凍，我依然如去年冬季一樣，感覺自己如一尾熱帶魚潛入北冰洋。不同的是心裡的溫度似乎已經調節過來，彷彿不再去對抗，而是悄悄地在融入，環境的冷，世道的荒涼，人群裡的孤單。

這是到這裡來以後的第二個冬季了，我已經適應了連狗也沒有的獨居生活。現在我會讓廳裡的電視製造一點人氣。一般定在第十二台社會與法頻道，其功能主要是擋煞，辟邪，驅宵小，保平安。這一台也是我的聊齋志異，那裡面的社會個案總是不斷地提升我對「荒誕」的認知。它讓我明白，或者說，讓我不得不承認，過去我所能想像的荒誕到這裡都成了尋常。

我離題了，這可是平安夜呢。不如讓魔鬼放個假；不如讓我把地獄摺疊好，把七宗罪摺成七瓣花，放到潘朵拉的襪子裡，還給她。

那麼，上帝祢現在明白了吧？每到禱告的時候我必定詞窮，必定會想不到該祈求什麼，又該為誰祈求。我依然以為祈禱應該是一件很專業的事，因為連主禱詞裡都有一點交換條件的意思——赦免我們的罪，因為我們也赦免凡虧欠我們的人。

還有最末的這個——因為國度、權柄、榮耀全是父的，直到永遠。

哈。

平安夜我循例是不想睡覺的，可以允許我多喝一杯咖啡嗎？可惜的是冬至以後，我一直存放在窗外，用零下的溫度冷凍著的雪景，如今已然殘破。真可惜啊，人行道上那些被情侶們印下的美麗足跡，現在只剩下一片狼藉。

這樣吧這樣吧，天父。在這一年一度的禱告中，我向祢祈求一年的平安或今夜的一場盛雪？

……或兩者兼施？

阿門。

靜思雨

蓮在水上。水是真水，清澈得不見形相，但可見浮光瀲灩，可聞它潺潺傾出淙淙的流動之聲，如有素手撥箏。蓮花是虛筆，以淡彩繪成。它晃晃在流水上漂浮，隨波蕩漾，像巧手孩兒用半透明紙張摺的一艘船，一盞燈。

水生蓮花，蓮花生佛，佛生禪。

那摺船的孩兒與船上的佛，自然都是虛構了。他們是我的想像。

你問我這段日子在北京幹什麼。沒有，什麼都沒幹。我只是單純地在抗熱。你聽，我用《神祕園》的清涼音樂去抵抗七月的溽暑。

除了神祕園，還有其他。譬如一個名為「孤寂」的專輯，裡面有一條心靈途徑蜿蜒伸入茂密的竹林。那些翠竹十分青綠，彷彿上面厚厚的油漆未乾。風灌竹，鳥隻叼來了窸窸窣窣的草葉聲響。空山不見人，有一注木笛聲幽渺地穿雲撥霧，像一尾蛇在前面為精魂引路。

王維從盛唐傳來聲音。獨坐幽篁裡，彈琴復長嘯。深林人不知，明月來相照。

那是我少年時翻開《唐詩三百首》，主動默記下來的第一首唐詩。現在它回頭來尋我，攜著小半首〈鹿柴〉：光返深林，復照青苔。

我安靜地坐在無空調狀態的室內，讀書和玩魔術方塊。汗流浹背是好的，我感受到它們了；我全身的毛孔都操作正常，每一個毛孔都像一尾上岸練習進化的魚，它們張嘴呼吸吐納，彼此以沫相濡。

日子這樣在光影移動與色彩的轉換中，如塵埃緩緩飄落。

上午，我飲老家帶來的白咖啡；下午我喝黃山毛峰；夜裡我開了空調，從冰箱拿出一罐燕京或哈爾濱。世界盃過後，電視回到第十一台的戲曲或第十二台的社會與法頻道。午夜時連播三集的舊版《三國演義》尚未播完，我通常已伏在枕上沉沉睡著。

夢很淺，但很遼闊。浮天無岸，斷雁叫西風。我在老空調播放的浪濤聲中凌波而渡，無需他人搖櫓。明朝醒來，夢已退潮，赤壁已遠。會有三分之一罐啤酒擱在床頭，空氣中揮發著淡淡的酒醺。昨晚臨睡前最後一次完成的魔術方塊，披著彩衣，驕傲地守在床的另一邊，它已經和冷氣機與電視的遙控器結成好友。有時候iPod也會在那裡，板著臉靜靜地默記歌詞與樂譜。

生活中沒有重要的事情發生。它零碎，閒散，安靜得像在醞釀著下一場惡風駭浪。今年的夏日北京終究不同尋常。天氣這麼熬人，像蒼天到了更年期，憋著上億年的牢騷在對人世發脾氣。蒼天真老了，這幾年來它愈來愈乖戾，情緒大起大落，總啟示我末世的來臨。我老是直覺有一天我們會像億萬年前在原野上徜徉的恐龍群，忽然天有流火，五雷轟頂，就滅絕了。

我們是人類啊，我們有多聰明也就有多脆弱；而且看看人類在地球上挖掘的巨大荒井，我們活該被埋入這深坑中。

你看，我很好；平安，虛靜恬淡，寂寞無為。依然愛吃各種堅果，朋友們發現我會像松鼠似的，在住所各處收藏杏仁，核桃與榛果。我也還會在閒暇時光中生出各種杞人憂天的慨嘆。因為想到了滔滔不絕的時光長河終有乾涸的一日，人類意義上的「永恆」也將有一刻戛然而止，這兩年我逐漸變成半個虛無主義者。

這是我唯一要對你說的事。

也並非什麼都不幹，空坐等老。然而做的事多是心知其空而為之，不真的以為或期待它們會產生意義。譬如寫作這回事吧，前陣子在一個年輕寫手的部落格上看到，寫作何所能圖，無非是要入史。我注視那「史」字，愣了神。顯然我比他更消極一些，只覺「史」字也虛，而且總思疑歷史這卷宗將盡，人類為生命與存在自訂的價值將如一把界尺掉入無極。如此汲汲營營要把自己的名字填進史冊裡，與我堅持要把魔術方塊中的這一色填入那一格，又有多少差異？

這些想法，我知道不該對他人言。我對荒井說，我對牆洞說，對瓷杯底如水草般曼妙的茶葉說，對山林裡凝視著浮世流光的撫琴者說。世人都在向前行進呢，你看這「人」字。在甲骨文至大小篆時代它只是一個佇立者的側面，踮腳背手，像在高瞻遠矚。而今它邁開闊步，沒頭沒腦地往前走，連手都已經徹底退化了。

說來我還是喜歡「坐」字啊，多像個盤腿禪修的無所事事者，而且左右有人，雖隔著土地，卻從未分開，與「巫」字異曲同工。像此刻的我，自覺順天之時，隨地之性，舀著一勺一勺音樂澆灌那萌芽後一直未有長進的神思。音樂裡有手風琴，有木笛，有吉他，有水聲，有鳥鳴。我心裡有山林，有清泉，有唐詩，青苔上的日照，淡彩畫的蓮花，有遠方的你。

雨說好今天要來，但午後仍未見窗玻璃上有雨星呢。看來這城市又被放了鴿子。我還是去換一支有雨聲的樂曲吧，看看能不能把大雨喚下來。

笑忘書

重回北方，飛機穩穩當當地降落在土灰色的城市景致中。自空中鳥瞰時，底下慘霧愁雲，一整座城市灰頭土臉，原該像積木般聳立的高樓群看著毫無立體感。下機後車子往住處方向開去，路上樹影夾道，都如剪紙，枝杈崢嶸，鴉雀無聲。

冬日的黃昏容易被省略，少了黃昏這一節，儘管車子開得那麼快，仍趕不及在天黑前抵達住所。車窗外一輪落日紅得虛幻，猶如電子螢幕上密集小燈組成的影像。它隔著一棟一棟的高樓追隨著我的車子，像飄浮在地平線上的汽球在追逐疾駛的火車，也不曉得什麼時候它便消沉在風景裡了，彷彿追著追著它洩了氣，便在某棟大樓背後墜落下來。

到了住所門外，天上浮著宣紙剪裁的半輪淺月，透光度高，圓未竟處隱隱可見毛邊。這月亮真雅，素顏皎皎，猶抱琵琶。只是冬夜抬頭見廣寒，叫人難免打從心裡感到冷。

公寓樓下的保安換了人，一個長者，被自己呵出的熱氣團團圍繞。他可十分熱絡，穿破白霧主動過來幫我把二十六公斤重的行李箱扛著拉著弄進電梯。我記得每隔數月回來，都會察覺樓下的保安人面全非。以前的幾個都比較年輕，忠實憨厚的有，冷峻淡漠的有，可我已想不起他們任何一人的臉，彷彿在我的腦中，他們的面孔像雪似的會隨著冬去春來而融化。

遺忘已經成為我的強項了。似乎我那小小的儲存記憶的海綿體有一套過濾汰選的準則，每隔一段時日便把生命中所有不重要或無意義的臉孔刪除，那是它自我維護的方法。說來我的朋友若知道了，也許都不免忿慨。他們記得我以前做過的事說過的話，也能說出我的生日日期與小時候立下的志願（儘管我自己已然忘卻），而我卻在走過每一段路以後，把路上相遇的大多數人當作雲煙。只消拐個彎吧，身後人們的面容如細雪紛紛，須臾融解，我只會帶走人與人之間一些重要的情節。

而我從未企圖辯解或祈求原諒。記憶是個行囊，它愈簡便或許就能保證我這路能走得愈遠。人生一寄，奄忽若塵，值得記憶之事我已盡力書寫下來；那些不得不念想，卻又不能以符號文字作記的，則都悉數鐫刻在記憶深層。那層面堅固如碑，是記憶與時光混合後的凝結。我以為真正會影響我們的人生，讓我們為它暗地裡悄悄調整生命航道的，多屬這類不便透露或不能敘述的人與事與情。大愛大恨多在其中，這些事或傷心或銷魂，經歷過一回便身心俱疲，遂連回首也懶，又何堪一遍一遍地追憶與述說？

記得曾在波赫士某些文章中看過他屢屢強調——遺忘是記憶的一種形式。我雖認同，卻也明白對於我身邊眾多友人而言，告訴他們這個無異於告訴他們白馬非馬，不說猶好，說了終究顯得異端而詭辯。

於是我就不說了。這些年行走的地方多了，生活的據點不斷增加，我經常會在空中想像自己正在撥動一個放滿了各地明信片的旋轉架。就這樣吧，所謂過客，注定了只能在光陰和命運的輸送帶上，與別人擦肩而過，驚鴻一瞥。我對人對事都不願過度緬懷，還有點得意地愈加放任自己的善忘。世界每天都在改變它的面貌，每天都有人為它漆上濃墨重彩以掩飾其滄桑與駁斑。倘若不時以回憶對照，不免多感唏噓，時有傷懷，無益於心脾。

我遂不說。當我在家鄉熱鬧的老食肆裡，或在異鄉清冷的大街上碰見與一些似曾相識的面孔；當我看見對方一臉驚喜訝異，我微微舉頭，但笑不語。你也許還記得我，你也許已把我忘記，而無論我多麼用力，實實在在已多半想不起來我們曾經在哪些人生場景中相遇。此事常有，又或許有些名字人們以為我該銘記於心的，我卻感到十分陌生。因為深信自己記得與否並非重點，亦無損情報與故事的完整性，故而一般不置可否，只求成全對方敘述的流暢性。

我終究要遺忘這北方的許多人與事，不必等春暖，這個冬季我所默記過的許多臉龐將如薄雪融化。下次再來，這裡恐怕會換了另一個保安吧。我掏出一點小錢塞在長者掌中，說你去買點熱的暖暖身子。說的時候我想起北京南站那家食品店的老闆娘。兩年前一個趕車的冬天深夜，在那唯一尚未打烊的小店裡，她親自給我熱了一杯紅豆杏仁露。一年後的冬天我再去，那裡所有熱飲都已漲價，而坐在櫃檯裡的少婦瞥了我一眼，饒富深意地說，收你老價格吧，你是老顧客了。

我自然已忘記了她的面容，但我記得那一瞬的領會與溫暖。

因為不忘，那一瞬仍在延長。

二月雪

這是個平常不過的二月天。我站在窗前，懷疑你怎麼在生命中經歷過的許多個二月天裡辨識它呢？我這兒初春了，氣候正逐漸回暖，儘管站在落地窗前垂目下顧，仍然可以看見樓下的草坪有去年冬天最後一場雪的殘跡與殘雪上蜿蜒不知所終的足印。

我在這裡。我曾經在這裡。窗玻璃上留著我溫熱的鼻息與微涼的指印。

這裡是十二樓，舉頭天上低頭人間。城市在外頭，在漸漸消去的鼻息與指印的另一邊。行人只是些螻蟻般緩緩移動的小黑點，大街上的車聲多被摒絕於社區的圍牆外。這意思，真似個結廬在人境而無車馬喧。

我喜歡從描繪景致開始，喜歡用季節和天氣這萬能的鑰匙打開一切話匣。它有一點預告地理位置的意圖，像是不等我的朋友開口便搶先打發了他們已習慣得渾然天成的提問：

你在哪裡？你那邊幾點？天氣可好？

事實上，如果不提這些變化的景致，我們或許再難找到其他什麼更能表明歲月的動靜。

而我以為朋友們的提問雖有「祝願你生活平靜，無險無驚」的意思，卻也未嘗不期望著用這些小問號去垂釣平湖深處可能隱藏的波瀾。這些朋友多是我的同輩人，年齡相若，即便未必都經歷過相似的生命情景，人生也已走到了相近的階段；生活已層層膠著在現實的窠臼裡，也都無可奈何地逐漸觸知了人生的瓶頸。年輕時曾經讓自己滿心徬徨與滿懷期待的未來，如今再沒有多少未知的模糊地帶。存在的狀態已然落實，每個人都覺得現狀既圓滿又缺失。人生正在凝固，「未來」的不可預知性與憧憬的色彩在逐日減退；生活淤積了不能捨下的人與事與情與物；愈來愈多平常不過、難以記認的二月天或三月天或四月天堵塞在日子的檔案櫃裡。

在這些朋友眼中，我的壯年出走就像我少年時持續至今的寫作一樣，是件神祕，冒險而多少有點浪漫味道的事。每年回鄉與故友聚首，我總會在友人們小心翼翼的探詢口吻與閃爍不定的目光裡察覺出他們的好奇，想像和懷疑。

那是個怎樣的世界？你那是怎樣的生活？

他們就像多年前在下課時吃著便當聽我即場編造鬼故事的小學同學那樣，如今仍然睜大眼睛，坐在餐廳裡聽我述說異鄉的生活。說真的，這樣的關注並未讓我感到備受關懷或祝福，我只覺得人們需要我說出更多充滿異國風情的細節好托起他們業已衰萎的想像之翼，藉此讓那一雙快要麻痺的翅膀再去感受生活的流變，時光的速度，以及夢的動向——那些已被移植到孩子身上的一切。

卻沒有多少人想到，世界再怎麼遼闊，生活本身實在只有車廂般大小。那上面的乘客不會有太多變動，也因為座位所限，我們不會與其中多少人發生故事。更多的時候，我們唯有靠著窗外不斷湧現也隨即流逝的風景去感知前進，或期待著與下一站上車的人相遇。

我心裡也清楚，朋友們的坐乘已是停著的時候多，行進的時候少。窗外的風景停滯，車上的人物關係不變。因為缺乏可以目睹和感知的變化，時間作為記錄運動與變化的參數，逐漸失去意義。

而我因為畏懼停留，便頻繁地下車，換乘，轉站；屢試不爽地拿我的寫手名片向陌生人換取故事。

有時候也掏出一點情感來，與路上相遇的人發生點糾葛，給這匱乏的世界創造一些可以托起想像之翼的故事。

現在我說的這些，其實都不是我今天才有的想法。每一回我走在異鄉城鎮的大街上，尤其是在即將離開之際；有時候是看見自己的身影在每一家商店的櫥窗玻璃上穿梭，有時候流覽著車窗外緩緩掠過的店鋪招牌，或是聽著司機壓沉嗓子以我聽不懂的語言對電話裡的人叮嚀什麼，我都禁不住感慨自己竟又走過這些地方，遇見過好些人了。

我在這裡。我曾經在這裡。儘管印在窗玻璃上的熱息與指印皆已消去。

這樣就很好，我也不多求。許多年過去了，我仍然扮演著當年的說故事者，並且逐漸實現理想，擁有一扇能看見世界而世界無法看真切我的窗。對於我而言，「說故事者」本身就像穿插在這真實世界裡的一個虛構的角色，她也像我隨意編造的其他小說人物一樣，幾乎如同謊言——因為編造了她，從此我就得對她負責，讓她圓滿，使其有血有肉。

而此刻她在這裡了，我們都站在這裡，一起凝視熱氣與指印消去後的窗外的城市。把這個二月剪輯一下吧。咔嚓。去年華麗的冬雪已殘，今年的第一場春雪悄悄落下。

偷窺黎紫書

西門吹燈

是的，沒錯，是偷窺。我喜歡從文章中偷窺作者。其實，所有的讀者或多或少都有這種偷窺欲。所以說是偷窺而不是窺探，是因為有時候我看到的也許並不是作者想說的，而是遺漏的，或者是試圖掩藏的。我像隻聚精會神的獵狗，努力撐開鼻孔，翻開每一塊文字，試圖找出作者足夠的資訊，最好連他的夢境也一併捉住。當然，這樣會讓作者感到有些不適，且不去管他。如果是小說，那就有了一層兩層多層不等的偽裝，作者的樣子就模模糊糊，像是霧裡看花，如果是隨筆，哈哈，那就敞亮多了，最擅長撒謊的作者也會被看得清清楚楚真真切切。

今天我們來偷窺黎紫書的隨筆，嘿嘿！等著大快朵頤吧！

看到簡歷，哇！她得了好多獎哦！然後直接跳過，那些瓶瓶罐罐最能影響讀者，而這世上最不缺的就是名不副實。鏡頭下移，直接看文。

先看到的，是一個會調音的紫書。

她的語言與以前讀的有些不同，或者乾脆說是和大陸作家們寫的不同。有一點點拗口，或許是她極力要保持的「馬華色彩」？或者是平時就是這等思維方式？還是我的理解尚未合拍呢？不要緊不要緊，多看就順了。繼續看下來，有些意思了，原來內中尚有蹊蹺。行文中看似漫不經心，實則暗藏玄機。平淡的水面下波濤洶湧，感情豐沛的一發不可收拾。只是娓娓道來地敘述不緊不緩，永遠是四四拍。於是有人說她的文章調子是「藍調」，然後不厭其煩地說明什麼是藍調等等。我笑。這才不是藍調呢，你看《愛別離》明明是悠長的小提琴曲，《朝拾花》是嘈嘈切切的古箏，《夏季快板》是婉轉而俏皮的短笛，《輓》則是灰暗悲情的大提琴。藏在文字中的韻律與詩意的表達方式完美結合在一起，這是潛藏在所謂「藍調」下的激流啊，不偷窺是看不到的。

接著，我看到一個善畫的紫書。她擅長用大量的比喻來形容。這樣做的好處顯而易見，我面前不斷飛來一團團帶著各種味道的顏料。她一定是個懂得繪畫的人，並且一定是個喜歡印象派的人，那一團團顏料構成的由無數小意象組成的大畫卷，遠觀近玩都完美無缺。

鏡頭移動，我又看到了輕鬆外表下膽小的紫書。童年和少年的經歷，給予了紫書充分的精神養料，讓她汲取至今。幾乎每一篇文字中，我都看到了她在回憶，那些信手拈來的素材幾乎都伴隨著她童年的、老家的回憶。而這種樸素感情所產生的共鳴，完全地調動了我這個讀者。透過這層技巧，我看到了一個膽小的紫書，她害怕，害怕遺忘，她擔心要是不把心中那些最美好的童年故事說出來早晚會被自己忘掉而完全遺失在時光裡。她在某篇隨筆中希望自己變得老而從容，並且言不由衷地說自己正在準備變老。沒用的，我不信。按照我的經驗，只有恐懼之下才會說這種連自己都不能安慰的話。嗯，她愛美，非常害怕自己變老，人無完人，無論多麼睿智，在面對衰老的時候，她總歸是個膽小的小女人。與謝野晶子在一百年前說了句大白話俳句「姑娘二十秀髮長／青春年華美無上」，張愛玲也說出名要趁早，於是，她有了危機感，有壓力了。俗話說井無壓力不出油，人無壓力輕飄飄，我想正是這種壓力，才讓紫書爆發了一個又一個的創作井噴。

繼續移動鏡頭，咦？我看到一個倔強好辯的紫書。

她讀書不挑食，看得仔細，想得深。卡爾維諾的小把戲竟然被她看穿了。我一直以為卡爾維諾是她崇拜的作家之一，看了她的讀後感方才知道。她真正崇尚的是扎扎實實的學問、無愧於心的生活態度。看到這部名不副實的作品，自然要忍不住揭露一下，辯論一番。這點上來看，紫書是倔強的，她秉持著自己的原則。這不但是對文學的尊重、也是寫手自身的操守。

鏡頭再放大，一個善良的、敏感的紫書。

看，那個人在向著草叢揮手說再見！奇怪的人，還是繞開些走吧……那人就是紫書，她正在與一隻陪伴過自己的蟋蟀朋友告別。那隻蟋蟀千辛萬苦爬上了十樓，一頭鑽進紫書家的衛生間在半夜三更又叫又跳，與牠相對應的是白日間飛到紗窗上的鳴蟬，這兩種不搭調的聲音成了紫書家的主題曲。換了西門，這兩傢伙肯定會挨罵了。而紫書卻把這些讓人睡不成的不速之客當做了上蒼賜予的音樂家，他們正在為這唯一的聽眾演奏天籟奏鳴曲。多數人聽到的噪音，成了她私人音樂會。若非有對眾生的悲憫與感恩，絕難達到如此境界。

萬事萬物，都有個量變引發質變的過程。紫書也不例外，縱觀她的長短篇、散文、極短篇小說，無不時刻在做著新的嘗試。這在很多知名作家來說，絕對是件危險的事情——

因為誰也不曉得嘗試成功率有多高，所以，我們有機會偷窺到她實驗失敗的例子。可她自己卻不怕醜，即便是自己認為不甚成功之作，也敢貼出來示眾，一副歡迎來罵的沒臉沒皮模樣，更讓人覺得可愛非常。我想，盛名之下仍能保持謙虛美德，讓她有了更為廣闊的記憶體空間，正是她不斷成功的重要條件。

二・西走

無論何時何地，
我要抵達的「遠方」，
不過就是眼前這樣一扇臨街的窗，
以及一張清靜無為，
永遠自供自足的書桌。
——行道

晚上9點的陽光

在適應雨，適應窗前那拉起蓬蓬裙抖雨的粉紅色薔薇。在適應英式鍵盤。在適應教堂的鐘聲。在適應時差。在適應夏季的濕度。在適應六千餘人口的小鎮，適應陌生人的頷首微笑。適應彬彬有禮的狗。適應在早餐A（火腿奄列＋香腸＋吐司）與早餐B（培根＋香腸＋吐司）之間做選擇。適應琳琅滿目卻叫不出名字來的花卉。適應驟雨初歇。適應放晴。雨。晴。適應蒲公英傘降落在頭髮上。適應晚上9點的陽光。

在適應匯率的換算。在適應下午對msn上的朋友道晚安。在適應有麥根汽水味的粉紅色牙膏，適應水龍頭的旋轉。適應笨重的麵包，乳酪；大量的奶油，馬鈴薯，餐具的擺放，還有烤箱的使用。適應尊重別人的孤獨與緩慢，適應大腦那翻譯功能的開關，適應另一種品味的簡單。

適應小小的客廳和大大的廚房。適應沒有字幕的電視節目。適應不打傘走在雨中，適應在散步時不期然想起奈波爾，以及我對每一幢房子裡和每一座墓碑下住了些什麼人的想像。適應宇宙的沉默。適應松鼠，烏鴉，鴿子和其他。

但我帶來了傍晚時分的瑜伽，下午的白咖啡，寫字時的音樂，睡前的波赫士談話錄。它們堅貞而耐寒，一如既往，讓我如此富足。所以適應的過程並未讓我感到特別艱難。別忘記已經好些年了，我是在歲月中飄流的志願者。

最近時常會想起多年前寫的散文〈亂碼〉。那一句「而你還在飄泊的路上」。想起來彷彿所有的覺醒與出逃的密謀都從那裡開始，我與下落不明的自己在時光拐彎的地方會合。也就在重逢的那一瞬，我忽然明白了這裡面的情節並沒有突發與巧合，也沒有萬不得已的時候。這本來是與現實人生的一場對弈，必有所棄亦有所守，都出於自己的意願。

但我知道人們喜歡用頑固而簡陋的想像，貧乏的詞彙，還有一些陳腔濫調去詮釋別人的故事。我知道我就像自己的行李箱，每走過一處，就得貼一個高度概括的標籤。離散，或鄉愁。我知道我們總得適應，這世上大多數讀者都十分平庸。

雖然離開家鄉又更遠了一些，但除了因為時差而自覺淨賺了幾個小時的光陰（人們用

「你那邊幾點？」來代替問候），情感上似乎沒有明顯的變化。人們在說的還是那些生活上不曾停止的事。七情六欲，生老病死；工作，家庭。它們聽起來總是那麼地耳熟能詳，就像每個人都無可避免的，長在腳趾間無法根治的一種癬，只會頻繁而不定期地發癢。

那樣的癬，我當然也有。然而正因為它那麼普通，又無藥可解。我便覺得與其把腳提起來，呼朋喚友幫忙抓癢，還不如沉著地適應。就像適應天氣，適應生活中躲避不了的孤寂；就像適應與現實對弈的諸般規矩。

我在適應呢。在適應雨，適應風。在適應英格蘭夏季的陰冷。適應教堂的尖頂上屹立著一隻公雞，而不是別的。適應被奔忙中的松鼠竊聽我充滿鄉音的祕密。適應遠方的友人把我當成這裡的報時器。適應赤腳走在微濕的草坪上。適應香腸中的果粒。適應不斷地取捨，適應別人對我的不適應；適應我自己的身世，適應在人間當個行者。

而我過得很好，已經適應了新的手機鈴聲，也可以在晚上9點的陽光中做一些零碎的夢。

暫停鍵

窗外還停泊著夏天的景致，有時雨有時晴，潮濕的風在別人家的院子裡淺淺流動，於是總聽到葉子在沙沙地響，於是總神經質地錯覺有雨。

臥房牆上的那一幅鳶尾花，還停留在一八九〇年被梵谷畫成的季節中。那一年七月底梵谷在瓦茲湖畔的奧維爾開槍自殺，死在弟弟的懷裡。據說鳶尾的花期在五、六月間，那是個初夏了。但一八九〇年的夏日畢竟太古老了些，畫裡的陽光已然鏽黃，最靠右的那一朵鳶尾花也許在百餘年前離窗最近，有點像被晒蔫了，塗了一層銅色。

儘管鎮上還有人家在策畫著週末的燒烤大會，夏季還在每一片翠綠的樹葉上起勁地閃動它的信號燈，但我知道秋天已經上好妝站在後台。小鎮上賣衣飾的店鋪都在甩賣夏季剩餘的色彩。我每天經過那些櫥窗，看到每一件夏日的衣裳在別上「打折／清倉」的牌子後，便於短短數日間被陽光洗盡鉛華，特別顯得老舊和蒼白。季節在和我玩一二三木頭人的遊戲。儘管每次抬頭，看到窗外彷彿還定格著昨天的夏日，但我知道它會在我低頭讀書時，偷偷捲起逐日褪色中的影子，沉靜而曖昧地往後退去。

下一個季節正緩緩淡入。

我想按下暫停鍵。

這些日我在讀大江健三郎的《換取的孩子》。書裡說的是生者與死者之間通過想像完成一場時空錯位的對話。這是我繼《博爾赫斯談話錄》以後，馬上又讀到的一本與談話有關的書。嗯，大師在說話。我如此卑微，只有安靜下來，聆聽他們的孤獨。那麼孤獨，以致生者像上癮似地聽著死者留下的一箱子錄音帶，並一次一次按下暫停鍵，與遙想中「另一頭」的對方通話。

至於波赫士，他像一個五分之四失明的天竺鼠，被那些好於表現的提問者放在透明的盒子裡觀察。我通過每一篇訪談去想像那些採訪者與紀錄者，他們大多不甘於僅僅扮演採訪者的角色，卻又想不出什麼更有意思的問題，於是他們積極地在採訪中發表自己的意見，或高調地反駁對方的說法，甚至也會忍不住說些調侃的話，或是花筆墨去描述老人家畏妻怯懦的表現，以及他在街上行走時狼狽的模樣。

他們興致高昂，就像在描述的是一隻正在逐漸失明中的天竺鼠，如何笨拙地從它的跑步機上掉下來。

如同站在樓上看風景的人，我覺得透過這些訪談去想像提問者，會比透過訪談中所描述的波赫士去想像大師，要更有趣些。我一直以為人們侃侃說著「別人的事」時，總是不察覺這其實是一種暴露自己的行為。這一點，專業的說故事者如小說家和電影導演，或許最能理解。

現實中的大江健三郎是小說家，小舅子伊丹十三是導演；小說裡的古義人是小說家，小舅子吾良是導演。大江健在，伊丹已死。

想到這裡，我又想按下暫停鍵。

沒有用，季節還在窗外鬼鬼祟祟地移動。

說起對話，便想起昨晚看的電影 *The Taking of Pelham 123*，也想起前些天有人問起我寫作的事。有人問我生命的追求和寫作的狀態，有人向我討要寫作成功之道。這些提問聽起來都很像對話的題材，可我知道自己把「對話」一詞定義得太嚴肅了些。我總認為它不但得有個主題與範圍，還得有個對象。「對」這個字十分關鍵，它本身具有某種絕對的原則。它意味正確，平分，相互，投合。像波赫士與大江健三郎這等文學大師，他們有過人的才學和異於常人的想法，到過別人無法抵達的祕境，或許也曾經得到過神諭或領受過命運的回音，他們有對話的能力和需要，卻恐怕一生難得遇上對等的談話對象。

大多時候，他們會面對平庸的讀者，好奇的打聽者，以及急於表現的採訪者。

（我如此卑微，只有努力屏住呼吸，在這喧鬧的世界盡量騰出一點空寂，以承載大師們的孤獨。）

我的對話能力，大概就如我的文字，只能去到「閒聊」的層面上。而倘若只是閒聊，何必又談文學？對我來說，書寫時若曾有過自覺，無非是希望把文學淬煉成生活的影子，讓它如鏡像一般反映我的存在。我不想僅僅因為文學曾經帶來過榮光，就不斷把它放大，讓它膨脹，使其成為籠罩生命的一個巨大魅影，或甚至取代了生活，成為生活本身。

不好，稍不留神，已經有了點對話的味道。

你不妨在這裡按下暫停鍵。

左手世界

我說，秋天從第一張掉落的樹葉開始。

是我說的。

人們說那是一年中氣候最美好的英國九月。人們說，fantastic。這個詞我認得，它有點浮誇，像一個留著小八字鬍，衣服穿得過於華麗，領口的裝飾尤其花俏的傢伙。Fantastic。法國籍，皇室後裔，愛吹噓。

九月後我回來，書桌前的窗換了一副茶色眼鏡，依然靜靜地注視樓下的街景。行經中的路人與狗，馬背上的少女，坐輪椅閒逛的男人。蜘蛛在窗玻璃上，用誰的白髮織了重重的網。她如今還腆著鼓脹的腹部，像個不介意懷了誰的種的孕婦，每天細心綴補網的破落處，偶爾檢查風乾在那裡的夏蟲與蜻蜓。萬物的勞作似乎都有了成果，松鼠的糧食貯藏也快要告一段落。一個月前我每天重複走過的公園小路，正逐漸被落葉收藏起來。

人們說秋天了，應該讓我結識這鎮上最愛釣魚的老先生，一個misogynist，詞典上說：「厭惡女人者」。朋友說Mr. Misogynist一定會喜歡我做伴，因我比魚更安靜。我想是的。倘若米索先生看見我挽著購物袋（裡面有兩包剝了殼的蝦子，一掌壯觀而青澀的香蕉，油桃，瓶莊的千島沙拉醬，含果粒和穀類的優酪乳，剛出爐的牛角麵包）獨自站在快要被落葉吞沒的公園小徑上，觀察秋日太陽在草地上發牌，一次一次羅列樹的影子；假如他看過我隔著落地玻璃，坐在濕冷的陽光中觀看一隻松鼠如何在院子裡埋下果實，然後再攀到籬笆上沉思。米索先生必定會同意他們說的，我比魚更安靜。

我想是因為我不習慣英語會話。如同用左手書寫，它讓我自覺笨拙，疏遠，彆扭，不精確。我總得小心翼翼，才不至於把話說得歪歪斜斜。用左手的語言說話很累，不如我給這世界回饋一點清靜吧。不如我，用涓涓的無聲，慢慢消融語言和語言之間頑固的陌生。

在期待著與米索先生見面的同時（我見過那條彎彎曲曲的靜謐的小河，彷彿有一枚至尊魔戒沉睡在那裡。我見過河上有離群偷情的灰鵝，見過魚在水裡打呼嚕），我又玩起了Sudoku。阿拉伯數字如童言稚語般簡單而親切，我排列它們，計算它們的位置，如同秋日在操練樹的影子。葉子掉了，樹上的蘋果紅了，捷克來的咖啡館老闆娘犯鄉愁了。研究順勢療法的婦人們背負各自的病痛（關節炎，哮喘，糖尿病）聚在一起，如女巫般虔誠而偷偷摸摸地採集露珠與提煉藥物。

我以為這裡已經夠安靜了。人們靜悄悄地在過日常生活，Royal Mail 的郵差們仍然穿著制服，推著紅色的郵車，上班似的，若無其事地罷工。前天才有個十一歲的孩子，在上帝注視著的某幢建築物內靜靜地上吊。沒有人覺得自己有多大個事情值得驚動其他人。那麼我想米索先生的耳朵能有多敏銳，又有多脆弱呢？他聽到了嗎，上吊的少年把墊腳的椅子踢開；病危的老人隆重地，把喉中的痰當做諱疾或難堪的往事，欲吐不吐地收藏起來。

要有多敏銳的耳朵呢？我們才會聽得出來，那壓縮在緘默中的困難，苦楚，痛，與吶喊。然後發現，人間的無聲有一部分是嘈音，且極度暴烈。

秋天了。我那熱帶人的身體警覺地主動與降溫的季節對峙。上個週末我帶著 Sudoku，鉛筆，膠擦，以及水一樣正吞咽著世界的靜寂，到巴黎走了一趟。那城市古老而浮華，許許多多的歌德式建築物，無數的工匠與大師合力堆砌的繁華盛景，讓我感到視覺十分疲勞煩膩。回來後，坐在這書桌前，我亮了檯燈，印象中的秋日巴黎便在那光暈下迅速消退。

奇怪，儘管我還能告訴你那無數雕欄玉砌的落地窗，石板路上許多的長筒靴，以及櫥窗中被寒冷催生的銀灰與紫紅，然而對於「到過巴黎」這回事，我忽然沒有太大的把握。

也許對於所有觀光的遊客而言，所有城市都是這麼回事吧。在走進去以前，這些城市都陳設在櫥窗裡，我們是街上遊手好閒的觀望者。待走進去了，卻像在羅浮宮中穿梭於雕塑和油畫布置的歷史矩陣裡頭，驀然抬頭，發現落地窗外藍天如帷幕，老人與鴿子在廣場上踱步。而原來，城市一直在外面。

無論我們站在哪裡，用什麼角度，一個過客所能看到的，無非都是別人的世界。

我就這麼說了。

遣悲懷

雪後雨，雨後雪。平安夜了。月流冰河，鳥棲荒枝；平野有多闊，星圖有多遠，便有多少上蒼排列的命運公式。窗外雲煙成霧，雨成錐，玉階有白露。雲杉常綠，樹有華彩；天有離魂，愛如潮，心葬無處。生死有命，而命，則不外乎離合，不外乎得失；不外乎有人歡喜，有人愁。

雖說是平安夜，多少人仍秋心緊繫，柔腸百結。我算是一個吧。即便來到了諸神的花園，聞到了香薰，音樂和饗宴。即便冰箱裡堵滿了食物——羊腿，火雞，聖誕布丁，肉餡餅，乳酪蛋糕，奶油，抱子甘藍，草莓。貯藏室裡還有麵包，馬鈴薯，果醬，香檳和咖啡酒。這陣仗，預告了連場暴飲暴食，甚至有點醉生夢死的味道。

但我偷偷想起幾個月前在小酒吧裡紅著鼻子說話的男人。他舉著冒泡的啤酒杯說「你可知道『生活』和『活著』的差別？」。而今他躺在醫院的病床上，枕下藏著一帖「活不過明年春天」的預言。其妻已經在上班的地方練習遺孀的姿態。而我仍然以為「拚死地生活」毋寧是頹廢者的選擇，或縱欲者的藉口，遠不能與「拚死地活著」相提並論。

我又在說掃興話了。平安夜，這裡的撒瑪利亞防止自殺協會無人值班。不是因為今夜無人有輕生的念頭，而是今晚上沒人想聞知人間疾苦。但據說每年聖誕過後是自殺高峰期，說來與週末過後的「星期一症候群」雷同。唯聖誕要醞釀三百六十多日方成，比之週末七日一個小周天，酒性更烈，醉人容易，傷人更甚。

晚餐坐在聖誕樹旁吃烤羊腿加沙拉，餐後小酒，我忽然向沙發與電視告辭，說平安夜了，要禱告與寫字。寫字事小，「禱告」卻是句重話，故排名有分先後，亦無人敢阻。但我其實無話想與上帝說。儘管一年下來不乏可感恩事，譬如其所賜，譬如其所奪，終無非得失。這些得失，更多是神的意旨，強於我所願。過去一年間，騎驛馬星闖蕩，高山遠水兜了一圈，但同時家鄉的親友亡故，愛別離，每個噩耗都是一場頓挫。我不說意難平，但念及生死契闊，若要為此砌詞感恩，終自覺太過阿Q了些。

因禱告中無言以對，我坐在小房間裡聽了一夜教堂的鐘聲。那鐘報時，一時一響，從薄霧裡盪來。教堂明明很近，鐘聲卻悠遠。這一徹夜，潮濕的雲多次過境，雨滴被鐘響震落無數，恍惚僧廬聽雨的意境。唉，我明白的，天道有時，榮枯有序，花自飄零水自流。我年紀愈長便愈明白，我所有的一切，時也，命也，才智也，甚至親人和緣分，不過都是有生以來隨身攜帶的借來之物，也都歸還有期。而既然本無物，塵埃何惹處？

塵埃者，六欲七情吧。

不想說了。能說的都是可道之道，卻未必是可行之道。這是多年來，第一次在平安夜裡感到恨也無益，訴也無益，悲懷難遣。如此胡思亂想，便聽到午夜鐘響了。雖有禪意，未妨惆悵。平安夜如此，莫道不淒涼。

行道

火性，女身，射手。

射手乃火相星座，位於蛇夫之東，摩羯之西，坐落銀河最亮處。主宰行星為木星。

五行說——木生火，火生土；水克火，火克金。

再想起命宮中或可呼應的驛馬。馬乃四柱神煞之一，喻走動奔馳之象。吉時預言喬遷之喜，順動之利；凶時預告奔蹶之患，馳逐之勞。

但朋友啊，我要說的無關命理。我說的純粹是意向。

＊

我又回到遠方了。誠然，「回」字於我是個太多稜角的立體，又如六面一色的魔術方塊，雖面面俱到，卻充滿歧義。但我知道的，人生能有的行旅，無非上帝的回力標。祂擲出去多遠，我就能去得多遠了。

沿著那回力標弧形的航道，我回到久違的小鎮。它安詳地端坐在初春中。空氣裡淺淺斟酌了冰鎮過的陽光。野地上長出許多水仙來，花黃，風骨娉婷；初生的鈴蘭像無數稚嫩的印度舞孃，在流光中輕輕晃動一身的鈴鐺。

我終於回來了。案頭上有新鮮的黃玫瑰；左邊有書，右邊有裝在瓶瓶罐罐裡的杏仁，榛子與核桃。早餐後有白咖啡，下午有加了檸檬片的紅茶，傍晚有雷雨聲中的瑜伽；窗外有善變的光景，窗內有沉澱的寧靜。我再無所求了，儘管那麼多人曾經抱怨，這裡的天氣陰盛陽衰，雲層總像厚厚的濕棉花，專供抑鬱症發芽。但我怎麼可能裝著沒看見草地上挺拔的天蔥，還有鱗莖已抽出長條葉子來的風信子和鬱金香？怎麼可能因為天色陰沉，我就沒看到園子裡那些輕佻的松鼠和圓滾滾的鴿子？

如果陽光意味著能量，顯然前半生我已在赤道上充電太多。如今，我不會比這些柔弱的溫帶花草有更多需索。

這幾年氣候異常，南北有溫室效應，西有冰箱，東有焚化爐；彷彿地球在苦修，經歷它鳳凰涅槃似的冰火。新年在老家時，聞說西方暴雪，但家鄉連日無雨，而太陽愈老愈獨裁，硬是把所有生靈三煎三烤，讓我領略了它攝氏三十六度以上的暴政。

我最不喜歡新年時候的老家了。旱熱固然叫人難受，而那時大城小鎮總必堵滿歸人，家裡會被突然熱乎起來的親戚朋友擠得水泄不通。而不管電視螢幕有多大，裡面也必人影幢幢人聲嘈雜；加上午夜鞭炮驚雷般聲東擊西，把好好的睡夢轟出許多窟窿來。

為了對抗溽暑與熱鬧中的空泛，我在節日中大概表現得比平日更沉默一些。每每親友相聚，我比過去任何時候都更寡言和笨拙。天知道我五行屬火，天知道我如何集中意志力在抑制恬靜的軀殼與冷漠的靈魂中，那作抛勢欲撲的紅兔，白豕，陰火，以及骨子裡的烈性。天知道我年歲愈大愈察覺光陰狀似踱步其實在疾行；天知道我對不為我所喜的人與物事，愈來愈失去耐性。

我已臨近不惑了，人生中通過各種經驗去堆積或形塑自我的階段早已過去。那以後我其實都在靜靜地，從許多混濁的認知中過濾自己。就像把前面三十年辛苦疊加的種種，依據某種價值觀和神祕的次序逐樣排除，直至我終於看清楚了自己的原色與本相。

我敬愛的波赫士老年時那樣說過吧，「因為我多少成為了我自己。我知道自己的局限性，我知道有許多事情我不應該嘗試。我相信我知道自己應該寫什麼，或者能夠寫什麼。」

從發掘自己的可能性到確認自己的局限性。我以為人生中關於「自我認知」這回事，到這兒該告一段落了。

就像終於等到平湖如鏡，我看真切了自己那半身人半身馬的水中倒影。

也就始於那一刻吧，我失去了與世俗生活協調的意願，也沒有了斡旋的耐性。

所以我在新年時的某個下午給慣性遲到的友人發短信，告訴她不要再浪費我的光陰。所以我在人來人往的咖啡館裡抬起頭來，冷冷地拒絕了關於服裝，鞋子和包包的無休止的話題（我說，為什麼我們的友情要落得如此維繫？）。所以我轉身離去，又坐上了那張名為時光的飛氈，沿著上帝那回力標的航道，來到遠方。

親愛的朋友啊，我知道「遠方」其實是兩面對視的鏡子，本無所謂極限與終點。我知道上帝無所不能，自然能把回力標投得更遠一些。但我想祂會明白的——無論何時何地，我要抵達的「遠方」，不過就是眼前這樣一扇臨街的窗，以及一張清靜無為，永遠自供自足的書桌。

夢有所

昨夜的夢境是一條看來極短，但寬敞得出奇的林蔭道。那詭異的縱深度，夢所專屬。但在夢中我們不覺其異。踩滑板的少年身著全副武裝，在那道路侷促的長度上來回奔走。不知何故離場的賣藝人，在路旁留下一個打開著的，裡頭有些硬幣零錢，會播放音樂的吉他箱子。我牽著心愛的金毛犬Coco淡入夢裡，與死去的友人站在路上聊天，平靜地問起他逝世後的生活種種。

我自然記不起來他如何回覆。只記得他雙手鬆散地交疊在胸前，站姿悠閒，不時舉頭看看天。我也抬起頭看了悠長的一眼。空中似有一座看不見的棚架，道路兩旁的巨木抽出無數長長的枝椏，如群蛇在架子上扭纏。那真像一張巨網，兜住了藍天。陽光濾網而出。金毛犬在我腳下團團轉，牠探出前爪，試圖捕捉印在路上的光斑。

葫蘆形的樂器箱子播著Invocation。狗的舉動驚起一些光斑，它們變成發亮的飛蛾，在我與死去的朋友之間裊裊上升。我們倆都不說話了，定睛注視著光如蟬翼，在音樂中徐騰飛。你聽見嗎？那空箱子傳來的音樂時斷時續，彷彿時間的碎片卡在樂曲的關節。我聽見的，我在夢中閉上雙眼，聽見天體運行，宇宙中億萬個大大小小的齒輪同時運轉；黃道十二宮走馬燈般影影綽綽。天外有天。我們的地球在它的軌道上緩緩滾動，像留聲機的鋼針在唱片上行駛。

睜開眼睛時，我躺在柔軟得像雲朵一樣的睡床上。夢已把我甩回到現實裡。風捲簾，流雲載月，夜涼氤氳。音樂還在夢裡夢外來回飄盪，原來是Lisa Lynne的豎琴。窗外有人開著機車經過，那機車發出屁音般的怪響，騎車的男人咬牙切齒地咒罵，婊子，婊子。

今朝與室友談起，他們說那男人必定是個單身漢，他也一定驕傲地知會了鎮上的每一個人，說自己凌晨時就要馳騁遠行，把今年剩餘的夏季都揮霍在路上。可機車像一頭戀家的強驢，還沒離開小鎮便開始鬧彆扭。要是天亮時他還在鎮上蹓躂，那該有多尷尬？婊子，婊子！

我捧著滿滿一杯咖啡在想像那人的焦慮。想像他終於停在路旁，對那機車疾言厲色大聲譴責，並狠狠踹上一腳，把那可憐的老夥計踢翻。爾後他數落夠了，便會訕訕地將機車扶起，一邊喃喃說些道歉的話，一邊推著它繼續上路。

不知怎麼我對朋友的揣測深信不疑，還有點遺憾自己錯失了這凌晨時分在街上演出的諧劇。我真相信小鎮上的生活確實如此。來自曼徹斯特的紅脖子先生每天傍晚後便風雨不改地把鎮上的三家小酒吧輪流踩遍。賣酒的中年女人會因為月事失調而對顧客咆哮。從南非回來的失婚婦人拈著酒杯，向每一個趨近吧台的男人訴說她往昔的奢靡與輝煌。工人俱樂部裡唯一的撞球桌周圍，總有掌中揣著硬幣的人在耐心輪候。社區小報會鄭重其事地報導某鎮民拒付一張泊車罰單的消息。人們為此高舉酒杯：好樣的！我們支持你！（那表情，就像他們說的是「天佑女王」）

你真得相信，這裡可能會有人純粹因為活膩了而立志死去，並且留下遺囑，聲明把財產留給一隻德國黑背或紅嘴鸚鵡。

這些事，總讓我覺得有點滑稽。但也是因為這樣，小鎮於我成了一個開放式劇場，每一分地都是舞台，每個角落都是觀眾席。到處都有人一邊咬文嚼字說著優雅的英語，一邊大口大口吃著簡陋的 fish and chips。我好奇地觀察他們的生活，看他們怎樣在小酒館，郵政局，教堂和露天市場等幾個場景中，演出他們的情境喜劇。就像春天時我蹲在小徑旁細看野生的水仙和風信子；夏天時提著涼鞋，涉水到小溪那裡看天鵝在牠巨大的鳥巢中孵蛋，或是坐在公園的草地上觀看鴨媽媽與鴨爸爸領著寶寶們大搖大擺地到人行道的另一邊探險。兩頭矮種馬低頭在刨草葉，慵懶的肥貓披著蓬鬆的皮草在秋日街頭煙視媚行，過動的狗兒以慢鏡縱身入水去叼主人所擲的枯枝……這兒的禽畜生活美好，人類卻不外乎幾項通病——酒癮，肥胖，孤獨。

我被這一切逗得啞然失笑。

除了家鄉那多愁善感的金毛犬Coco以外，奇怪的是，我日間所思念的人，夜裡都未曾入夢。那位死去的故友雖不常想起，夢中倒是經常出現，彷彿他的靈魂吊兒郎當，還在人間流連。我們在許多奇怪的場景中相遇，記得有一回在破落的考場裡同為考生，座位隔得不近不遠，雖看見彼此卻沒法交談。而夢中的我們似乎也無話可說，彷彿我們都曉得那考場就是人生，也知道每個人拿的考卷並不相同。

大半生過去了，故友已聽到催促交卷的鈴聲。他走了，而我還守在座位上。考卷很長，前面一長串的複雜問題可以依仗小聰明去解決；後面的問題愈來愈簡單，卻需要大智慧去回答。我喜歡這個漫長的考試，不因為我懂得那些問題或知道它們的答案；而是因為在追求答案的過程中，我逐漸發現了考試本身的奧祕和意義。

我也因而懷疑，在每一張看似迥異的考卷中，這會不會是唯一相同的必答題？

那一次以後，我似乎再沒夢見過考場了。夢已把我甩回到現世。但只要還活著，我就仍然得回答人生各個場域，諸如愛，恨，理想，現實，歲月和命運等等的許多提問。現在我知道了它們喜歡變換各種形式來發問同一個問題，也知道了每一個問題都可能是另一道問題的答案。說來真像參禪，儘管目的是要參透，但「參」是一道迴避不了的長途，「透」則是橫於終點線上的一條彩帶。

彩帶就給別人吧，我只想收穫沿途的故事與風景。

聽・從

這是牛毛細雨了。

肉眼不易察覺。飄若密針，落地無聲。

這是在零時區，典型的英國天氣。天蒙塵灰，雲如潑墨，一整日都在醞釀著傷感的氣氛，催促病人闔眼長眠，慫恿愛侶分手，也在培育著新一批憂鬱症患者。隔鄰那莊園般的房舍據說住了一個病危的老婦。想她正躺在床上，目光穿過擦拭得很乾淨的窗玻璃，但窗前只凝固著陰鬱渾濁的天色，像一床晾不乾的厚床褥。烏鴉呱呱，卻不曾飛過。

我到這裡來一年多了，從沒見過那傳說中的病婦。倒是見過她的丈夫，那位穿著三件頭西裝還繫著蝴蝶領結的老先生。他清癯，瘦小，神情嚴峻，眼鏡片光亮得如同他家的窗玻璃，似是一生潔癖；與我想像中的英式老紳士形象吻合。聽朋友說，這家人祖上出了個人物，那是讚美詩「Amazing Grace」的作者。這首歌膾炙人口，於我一點也不陌生。少年時我在家鄉那衛理公會小教堂裡，也曾不知其義地跟隨大夥兒沉浸在那樂曲的催眠中。

我還記得那個彈鋼琴的男生，當時血氣方剛，又志得意滿，把一首婉約柔美的歌演奏得像出征曲。

現在我懂了這些詩詞的意涵，知道它的出處和原由。惡徒John Newton在海上遇險風惡浪而不死，遂相信有上帝，也明白餘生即神所恩惠的「重生」。啊，你對自己的人生還有一次選擇的機會。他後來離開販賣奴隸的運船，從事神職，而《奇異恩典》是他那樣一個知罪且自覺該死之人對神恩的禮讚。

只是這世上不會有多少人自以為該死，或許有更多人把活著視作該有的權利；都說好死不如賴活，死亡才是對生命的剝奪。那樣的話，也就不會把活著當成恩典。我認真地想了想，倘若死亡真是種懲罰，那或許絕大多數人都有理由抗辯——誰又真造過那麼多的孽，以致論罪當誅？

於我，死卻如生一樣，是中性的。它不帶任何偏見，也不會有任何漏網之魚，僅僅是對「生」最後的打包處理。它是對生命的成全，最終必須與「生」工整對帳。換言之，它也是我們對後人甚至其他生靈那生存權利的禮讓。它讓天道維持平衡，控制地球的載重與負荷。若「生」是個恩典，它與之對應，像個天秤，各為一整個恩典的兩端。

也因此，這世上有誰不該死呢？我想不出來。連神子耶穌都是該死的，否則無法完成那早被編寫好的終場——三日後復活升天。祂生過了也死過了，上帝對生死之事錙銖必較，生死冊上既不長帳也不短帳，總是這頭來那頭去，一個也不能少。

自我離開家鄉後，這幾年來連著幾個親友故去。我幾次受了驚嚇，像個孩子似的坐在房子的樓梯階上，覺得忽然被上帝從我的生命中沒收了什麼。這多麼像某種撲克牌遊戲，上帝發了牌，然後從我們手中一一把牌抽回去。我無權抗拒，只能抓住一扇牌，眼睜睜看著這次被抽走了一個K，上次是女王，再上次是J。所謂生離，是被抽走了的牌仍有可能因緣際會輪回來；而死別，則是它們被沒收了，上帝不會歸還。

這遊戲最弔詭的地方，是我們總會因為手上有牌，便以為自己是玩家；卻沒意會自己也只是個符號，就握在別人手中。

黛玉說的——儂今葬花人笑痴，他年葬儂知是誰。

人總得經事長智，我也學著理性看待，把死亡看成此後魚雁難通的一種別離。而事實上，我又何必自欺欺人呢？即便大家都在生吧，誰不兢兢求存，盲盲漂浮於滔滔濁流滾滾俗世，每走一段新路識一些新人，用一些新的記憶覆蓋前塵；親人朋友之中何曾有多少傾心關懷、常相往來者？其實我們就像黛玉葬花，傷他人之逝，無非多有自憐之情。

我知道自己是個可以很柏拉圖的人。我那潔癖的眼睛，耳朵，靈魂，在芸芸眾生中，始終愛著某張不太可能重回我手裡的撲克牌，也仍然祝福他，期許他無災無禍，生活靜好。並祈求上帝讓我先於他從人們手中被抽去，免我於「真正失去」他以後的傷逝與自憐。是的，我可以成為柏拉圖的追隨者，那是我靈魂的選擇。快四十年了，她已不再是一個被身體豢養的模糊影子，她在肉身與心靈的經驗中吸取教訓，創造自己的信仰，有了篤定的意念，清晰的想法，堅定的志向。她反過來馴化身體，讓身體聽懂她的語言，接受她的理想和信念，服從她，皈依她。

朋友那天在MSN上問我，迄今為止，可曾覺得生命中有最幸福的時光？其時我無法回答，是因為我從未想過該如何定義「幸福」，這詞畢竟太籠統；或者說，我不太確定友人指的是人們一般追求的生活品質，抑或是我自己更在意的靈命和精神狀態。也是因為我知道問這問題的朋友，這些年來諸事不順，明顯地愈漸萎靡，消沉和衰老，我實在不忍說，若論心靈的飽足和生活的平靜，我覺得這幾年最美好。

是的，我過得很好，非因生活中無掛礙故，也非因異鄉生活多精采事。不管我飄泊到何處，生命本身仍然是個長長的月台，還會不斷演出生離死別的戲。但我在這幾年間清楚感覺到靈魂的壯大，身體比她早熟，但她幾乎以頑強的天真駕馭了身體，讓身體成為她的信徒。我以為那是一個「我」的完成，也是我這幾年在做的事。

這我能說嗎？而要怎麼說，我的朋友們，那些從未聽到過靈魂發聲的人，他們才能聽懂？有些感受和體會遠在語言之上，愈解說愈容易讓人迷失，注定了只可意會不能言傳。

想起《奇異恩典》。I once was lost, but now am found, was blind but now I see.

或者我根本不必多說什麼，我的朋友會親眼目睹。事實上我知道他們已經發現（即便更多人會錯愕，以為那是文學的神蹟）——逐漸地，我正成為自己的靈魂所喜愛的人。

日月邁

在「永恆」的注視下，時間不需要刻度。

＊

蟲已鳴秋，白晝即短。書桌是我的日晷，每天看得見日照式微，它也如情人的廝磨正逐日降溫。但太陽依然在原位站崗，從以光年計的遠方穿雲而至，把微風中晃晃的葉影加磨砂窗的紋理投射到我的桌面。

我在讀書，並未真正意識到日影的隱喻。

四苦中的第一個名字早已被唸出。

我這幾年讀書可比以前認真多了，只為了要優雅地唸出第二個名字的發音。

也許因為不適應季節更迭，離鄉北往以後，我總會在四季的轉接點生點小病。這些天美尼爾綜合症復發，病情明顯比過去任何時候更趨嚴重。病發時天地凶暴，執我首足施以扭絞，也像擠牙膏似地欲將胃中物傾空，直至連最後的一點濁黃色苦汁都擰出來了才慢慢罷手。我捧著白色小陶罐（它本屬於一株文竹，那可憐的植物於去年被深雪所埋）坐在床上，在摻了膽汁的胃液中看到了四苦中的第三個名字。

它與第二個名字之間並無空格。

它的發音難聽，唸起來得嘔心瀝血，聽著有點恐怖。那是一個誰也沒得優雅唸出的名字。

噓——別說，別說。

這一季第五度病發時，我才真正感到驚懼。這些年來我飲食健康，作息有節律，然而優質的優酪乳蔬果糙糧白肉抵抗不了這些接踵而至的名字，每日一小時的瑜伽和週末在湖畔與林蔭小徑上散步也不行，野生蜂蜜與各類堅果無能為力；笑亦無效，安靜也無作用。要來的終歸會來，命運編排好的一系列名字。

我有怵懼，實非懊惱。因這驚怖中不含絲毫悔意，也不悲春容捨我，秋髮已衰。我從未想過要走進波赫士異想中那小徑無盡分岔的花園，以找到人生中某些已逝的時刻重新抉擇。教我驚愕的是在逐一唸出眾苦之名的過程中，生命本身對於其存在狀態的另一層領悟。

像一尾魚游入了真理的深處，赫然發現困住自己的並非魚缸、湖泊或海洋，而是水。漾漾的水之於魚，它供給生命所需的一切實質與抽象，向生命暗示以愛，希冀，延續，包容與祝福。可它猶如空氣之於人般不易察覺感知，唯有因它漸冉稀薄，我才緩慢而清晰地感覺到一種被抽空般的不適，卻又因為無法辨知其流失的速度，以及它剩餘的狀況，那介於知與未知之間巨大的空無令人惶惑，且生敬畏，且生怯懦。

聽懂了嗎？那是一種關於生命的「空間感」之轉型，彷彿我逐漸以與過往不同的焦距在凝視人生，遂如魚之目睹水一樣的看見了空間的本質，也發現了空間之囿無非是個聚焦失誤的錯覺。

因為這發現，最近我總趁著暈眩症尚未發作（也可能根本不會發作），埋首在侷促的光陰中讀一些科學、哲學、神學與文學的書籍。日照愈來愈淺薄，太陽悲憫地注視著我這臨窗的書桌，從大西洋上空飄來的雲朵如長安少年成群閒蕩，有意無意擋住它的目光。這兒的醫生對我這老毛病也一籌莫展，只有吩咐我不得勞累，必須抓緊時間多做休息。我在這莊嚴的叮嚀中聽出了一種嘆喟，充滿無奈之情，出口小心翼翼，像是擔心我體內的病毒會聽見我們的無能。

噓——

要是在幾年前，我會把休息當作虛度，但青春已泯，身體對休息有了更多渴望和更強大的意志，每天能睜開著眼睛工作與思考的時間已不比當年。這事似乎誰也迴避不了，身邊的長者每天早上從泥沼般的夢境咬牙切齒地掙扎醒來，每天他們都說「你難以想像我以前有多麼勤奮」，如此喃喃，語音未落，中午便又瞇著眼睛滑入到一種混沌的，近乎夢的狀態中。

秋所以惆悵，於我非因草葉色變，落木蕭蕭。畢竟秋色迤邐，樹有霞彩返照，視覺上是一年中最豐收的季度。奈何從此時起一日的晦明晨昏明顯相互消長，漸漸的，每日得於昧旦中醒來趕路上班，又得在晦冥中離開辦事處，於一朵朵的街燈光暈下蹣跚回家；一往一返之間，因未見天日而感到無比的沮喪和荒唐。人生中也有這般時候，晝短苦夜長，身體再不肯二十四小時待命，每日可用的時光愈來愈少，且都不得已而卑瑣地必須先供奉給繁俗生活。那些被衣食住行與許多俗世責任撕咬後剩餘的時光，而今還得因病糟蹋，以致「日子」枉為日子，唯流光而已。

這些天為「時日無多」的煩憂所困，特別想認真讀些值得閱讀的書（並在這些書中發現一張分散了的長長的書單），偶爾動筆寫字，往往一不留神便耽溺於無邊無際的思考和著迷，落筆甚艱，幾如鐫琢，彷彿只想寫些不枉此生的文章。

我自知把這些話說得老氣了，在時光面前譫妄迭連，實如晨風懷苦，蟋蟀自傷，也像魚之無視水而徒見魚缸般無非錯覺。有時候我也企圖像個科學家似的，想把時間「僅僅」當成是記錄運動與變化的參數，然而這無助於抵抗變化本身所造成的不便，焦慮和憂愁。說來還不如躍入「太初有道」的神思中，尋找「永恆」的角度去睥睨光陰，並且因為無助而開始迷信：生命作為一種能量，最終將回歸到無垠的時間裡頭。

這想法聽似玄幻而宏大，說穿了終也卑微。我想說，不過如一尾困居的魚兒開始在夢想魚缸外頭也是水，浩瀚之水，無涯之水。

在我很安靜的時候

風從十分陡峭的教堂房頂上溜下來，穿過扶疏的黃葉與鏽紅色的樹叢，拂過兩匹矮種馬頸上邋遢的鬃毛，從倦怠的太陽眼皮底下輕輕竄過；穿過了永遠在路上步操的時間大隊，搖落了好些嘆息般的葉子，在兩個金髮女孩的頭上隨手一撥（她們甩著頭咭咭笑），穿過窗前那一絲不苟的蜘蛛網，融入我裊裊的音樂，如輕煙漫入輕煙。

其實沒有事情發生。只有這些，風滑溜溜的蹤跡，在我很安靜的時候。

我在讀唐・德里羅的《白噪音》。他說，現代社會的種種喧囂無不是在掩蓋人們對死亡的恐懼。由於掩飾的力度過大，又如此集體，生活便充斥了荒誕的行徑，幾乎成了鬧劇。

真不虧是美國作家，小說裡的畫面很有好萊塢的味道。

果然很嘈嚷。喋喋不休的人們，空洞而爭持不下的拌嘴，嚴肅非常卻毫無意義的討論，暴食，瘋狂購物……視覺效果與耳鳴雷同，有一種枯燥而無窮盡的轟炸感。那樣的生活看著就是一種災難，啊，一個能把青蛙不知不覺地煮死的大鑊。

奇怪的是，一九八五年初出版的小說，二十五年後它經過翻譯飄流到我手中，我打開它，竟覺得裡頭的人與事與生活仍十分親近，彷彿今天的人們仍然活在完全相同的噪音之中，繼承了父母輩的病態（神經質，語無倫次，言不及義，好辯，顧左右而言它，對藥物過度依賴，總是荒謬地表現出不合時宜的鎮定或慌張）。四分之一個世紀過去了，科技大躍進，但人類生活本質上竟沒有明顯的變化。倒是飛快進步的科技本身含有自毀的悲情，它成了人類頭上一蓬日漸膨脹的黑色蘑菇雲，人們愈活愈戰戰兢兢，卻也多少因為絕望而表現出豁出去了的一種悲壯。

世界仍然如此面目，書中的世界幾乎像昨天才全球公映的一齣好萊塢新影片。

我腦中浮起的是American Beauty。

我說的是一個神經兮兮的美國中年男人。白人。我說的是這地球上某些優越者的恐懼與失落。

我不能認同死亡就是人類終極的恐懼，我以為「存在的終結」不會比「存在的失效」

更讓現代人（特指城市居民，知識分子，中產階級）感到困擾。前者是躺在海地醫院地上密密麻麻的霍亂症病黎與蹲在巴基斯坦荒瘠土地上等待救濟的災民才配申訴的煩惱，後者則多少有點像飛機商務艙乘客在享用法國香檳時因為感受到氣流沖擊與飛行顛簸而閃現的驚恐。也就是說，「存在的失效」本身是一種高等級的愁苦，在一般情況下，那是生活優渥或至少衣食無憂者才能進入的意識層面。

對生命意義與存在價值的感知，到底是「吃飽了撐出來」的病，便不免有點庸人自擾的味道。

在我很安靜的時候，世界就這樣不斷地醞釀、生產與散播這種風一般無形無相的病毒。人們不得已地在追求文明與進步（路愈來愈陡峻，輪子愈轉愈快），再提心吊膽地忍受文明隨時反噬之苦。城市天空中烏黑的蘑菇雲撐開了一張巨傘，傘下的陰影愈來愈深沉愈來愈遼闊，那是噪音的溫床，充滿了各種堂皇的資訊、預告和宣言。而在那裡生活的每個人本身就是一根載滿各種病菌的試管，淫奢、虛空、寂寞、抑鬱、懷疑、不滿……諸般恐怖，在噪音圍攻之下，如群蛇日夜聽見弄蛇的笛聲。

我是那樣想的——為著「人類文明的進步」（意思是讓人類的身體有更多退化的空

間），我們早已打開了潘朵拉的盒子。

啊不，這一回是她的箱子。

這箱子裡災害的種類也不特別多，倒是有噪音給各種蜂湧的災害壓軸墊後。譬如警報，譬如斥喝，譬如咆哮與怒吼，看來像人類妄想以暴易暴的一種鎮壓手法，以聲音覆蓋污染，填充虛空，恐嚇死亡。

我安靜地捧著書在想噪音的事。小鎮上的噪音污染十分輕微（儘管對面那教堂的鐘聲實在不太悅耳），陰雲下，秋色中，終日細雨飄搖；活在帝國暮光中的人們相對平和得體，不太能感覺到美式社會的騷動與喧譁。這兒連喪禮都辦得靜悄悄，幾個穿黑禮服戴白手套的男士合力抬起棺柩，以時間大隊那樣整齊的步伐，走在斜雨紛紛中。我甚至覺得那樣的莊重有點賞心悅目，心裡還暗暗想過，倘若我死後非得有一個喪禮不可，則如此這般也算一個不錯的選擇。

以前在報社工作時有個男同事，據說有一回出席基督教的喪禮，之後便主動到教會去，很快接受了這宗教信仰。「因為喜歡那種喪禮的氣氛。」——當年聽了只覺得不可思議，而今我似乎能感同身受，被一種安靜的氛圍與人們對待死亡的態度（神色凝重，話語不多，懷抱對「到達天堂」的過度信任，彼此眼神交會時有一種心照不宣的泰然自若）所觸動，像祖輩們自備棺木壽板似的事先選擇自己的喪禮款式。

天堂如果像我想像中的天堂，便不該有擁擠的人口，得有足夠的空間去成全幽居者該享有的靜謐。

僅僅如此，沒有事情發生。我在一個輕噪音的小鎮，窗外只有風在喋喋不休，它對每一棵落葉喬木耳語，像在念往生咒，哀悼每一張即將凋謝的黃葉。後來它把一些輕盈的落葉捲到空中，彷彿神把被點名的靈魂引向天國。

這書很快讀完了，說來還真如美國電影般容易理解和消化，也特別慈悲。在一部談論死亡的書裡，所有能記得住名字的人物都沒有死去；倒是在我安靜的現實中，每一個人都以不同的姿態出席自己的喪禮。我按照自己的慣例，在書的扉頁簽上名字與記下日期，風仍然像瀑布似的從陡峭的教堂房頂上涓涓而瀉，黃葉扶疏，秋木鏽紅，兩匹相依為命的矮種馬在小小的草坪上發出嘶鳴。兩個洋娃娃般的金髮女童穿著粉色長襪在路上蹦蹦跳跳，時間那龐大的儀仗隊面容嚴肅地越過她們。我的音樂微微洩漏，穿過窗前蜘蛛編織的篩子，融入風中，如輕煙漫入輕煙。

在那遙遠的地方

「如果你注定還要走，」烏爾蘇拉在晚飯吃到一半的時候說，「至少要記住我們今晚的樣子。」

——馬奎斯，《百年孤寂》

*

親愛的，下午三點，小鎮被雨占領了。

終於被雨占領了。中午以前陽光幾度撥開雲靄，氣焰最盛時，天空幾乎把整個夏日赤裸裸地送到我的窗前，它光芒萬丈，那麼地奪目，我不得已閉上雙眼，白日夢迅即從腦中某個小窟窿裡滾滾溢出，如厚厚的啤酒泡沫。不就是打了個盹嗎？睜開眼時，夏日的獨眼已經又布滿灰翳，英國又回到帝國的古老和沉鬱之中。

我出門到鎮上的小超市裡買明日早餐要吃的黑莓與紅桑子，聽到對面的教堂剛敲響了三點的鐘聲。雨是那時候飄下來的，我打開門，它們斜斜地落到我的球鞋和腳下的蹭鞋墊上。那些雨絲有點粗，讓我想起釣魚線，便覺得雲端上似有億萬根魚竿在垂釣。

不就是雨嗎？因為受到海洋的詛咒，這島國上的雨幾乎無日無之，像赤道上的陽光一樣平常。我加了件防水風衣便出門去了。這小鎮上，除了老婦以外，一般人很少在這種無聲的雨中打傘，於是我便在路上遇見穿尼龍夾克遛狗的男人，一套緊身運動裝再加隨身聽的跑步客；慢悠悠地推著紅色手推車，穿橘黃色反光雨衣的郵差小哥。再走下去，小廣場那裡盛放著許多天竺葵和大岩桐的轉角處，有穿上了粉紅色膠筒靴的金髮小女孩。我們在雨中迎向每一個陌生人，在擦肩而過的前一瞬彼此含笑點頭。

下午好。

你好。啊，這雨。

雨愈下愈大了，路上誰也沒有加快步伐。大家因為習慣了雨而顯得瀟灑。我在小超市內多待了一陣，躲雨，便多買了一些沒列在購物單上的東西。便當式的雜豆沙拉，兩百克裝的南瓜籽；紅黃綠，交通燈似的一包燈籠辣椒，還有低脂香草優格。啊，這些漂亮便捷的食物，以後我離開英國了，肯定要懷念它們的。

因為離別在即，這些天我也閒空，便分外留意著這地方的種種好處。小鎮十分優雅，我對它的天氣甚少抱怨，畢竟這樣的風雨與陰雲於我無害，況且我還能用音樂調節心情。再說這兒的夏季多麼溫和，前些天到倫敦海德公園走了一圈，那裡面散步的幾乎全是舉家前來避暑的中東遊客，那時刻也雲低風高，天如髒兮兮的灰布幕，落到湖裡便皺了，而遊人們誰不是一副怡然自得的神色？

旅居這兒的兩年裡，我寫了許多字，也看了不少書，但除了平靜，我再沒有什麼可以炫耀的。親愛的，你知道我對平靜生活的深切憧憬，以致我在擁有它的時候感到那麼地疑幻疑真，那平靜幾乎像幸福一樣難以定義，彷彿那裡面也應許了悲傷的豁免與孤獨的特權。這兩年的生活讓我覺得自己像是潛入了海中的珊瑚礁區，絢麗，繽紛，無聲。我知道自己不屬於這裡，但每一尾游魚都泰然如若，對我無動於衷。

這小鎮，我從第一眼看見就喜歡它了，也從那一天開始我就想像著以後在這裡養老。英國人說是多冷淡疏離，但我確曾在這裡開懷笑過。記得初次見面的販婦在露天市場裡奔走追尋，把我遺留在蔬果攤上的錢袋還我。

「天，是你了！」那婦人氣喘喘地抓住我的雙臂，「你說，你忘了什麼？」

我愣了一下，本能地打開挽在手上的購物袋，認真地點算起來。番茄？在！奇異果？在！胡蘿蔔？在！蘆筍？在！香蕉？在！一二三四五，五四三二一……我萬分疑惑，抬起頭來看見婦人揚起一個中國風的錦綠色繡花布袋，在晨光中晃啊晃。

我們都笑了。

小鎮上沒幾個黃皮膚的亞裔人口，我常在路上碰見的只有一個面容嚴肅的日本婦人，總是低著頭用目光追逐自己的腳步。週五晚上的工人俱樂部與「天鵝」小酒館內，我也喝啤酒，也擲飛鏢，也玩撞球，卻總是因為高度自覺而以為自己在人群中像一珠水銀，其狀如水，實質金屬，易於流動而難以融入。但我知道那裡並沒有人在意我所在意的，我自以為是的自我與存在。只有「天鵝」吧台裡的匈牙利女孩總是好奇地盯著我看，兩年了我們只是朝對方微笑與打量，卻從不交談搭訕，眼角餘波的交錯使得周圍的氣氛都曖昧起來，有了青澀的同性戀味道。

這是常情吧？在一個地方待的時間夠長了，便不乏可記之事與可憶之人。小鎮上美麗的花草、路旁的蘋果樹、河灘上築巢的天鵝、一街造型古老的建築；庭院裡偷藏食物的松鼠，以及再也飛不起來了的老鴿子。我大概也不可能忘了經常在街上流連的老人與他那一頭忠心耿耿的混種狗，有一天我因為想到如此相依為命的人與狗之間終有一個會先離去，怎麼辦呢？愈想愈傷悲，便在路上飲淚走回住處……

室友正巧開門，見我在門外淚流滿面。

我自然不會忘記她大驚失色的一幕。

哈哈，沒事沒事。

我笑著又哭著，以手背拭淚。

如今我要走，忽然對這地方湧起了無限溫存的念想。想想還有什麼要做而尚未做的呢，便到愛丁堡走了一趟，之後到倫敦，光顧了慕名已久的法國餐館 The Gavroche，再到皇家劇院看了一場特雷弗南（Trevor Nunn）執導的名劇 *Rosencrantz and Guildenstern are dead*。顯赫壯觀的蘇格蘭曠野，米其林二星級的法國晚餐，從莎士比亞那裡傳承下來的舞台，這英國生活的尾聲，如一場大型交響樂般隆重和奢華。

以後，這裡於我便是生命中一個「遙遠的地方」了。我在這風中這雨中徒步，在這總是陽光笑了雨便哭的小鎮，最後一次吧，最後一次再去模仿本地人的瀟灑。親愛的，你會問我難道不怕風寒嗎？就像我在The Gavroche裡學著人家舉杯喝各種葡萄酒，離開餐館後沒走上幾步，我一個人的英倫天地便斗轉星移，不得不放棄優雅，扶住欄杆在路旁嘔吐。身旁的友人給我遞上紙巾，問我這值得嗎？

值得嗎？這俗世這凡塵，這地方所能應許的最後的榮寵。即使最後把吃進胃裡的全吐出來，也還是剝奪不了把食物放進嘴裡細嚼慢嚥時，味蕾有過的歡騰與驚嘆。大腦把舌頭的激動傳播到各意識層裡，那一刻，我幾乎感覺到了靈魂的錯愕。

所以我擦了擦嘴角，狠狠地點頭。

我們都笑了。

停不下來

祁國中

從未見過紫書，但是從第一天讀到她的文字，就停不下來。細細一想，恐怕這種關注已經持續了五年。五年期間，從部落格、隨筆、微型、短篇、中篇，直至讀完了「三分之二」的大書（即《告別的年代》）。這份成績，主要歸功於她文字的魅力，因為我始終並非一個真正的文學愛好者。

記得第一次接觸紫書，在她的上榜博文：〈曾經以為我是個中國人〉。她發現，中國人不是想像中的中國人。彷彿尋根者，魂牽夢繫若干年，千辛萬苦回到「根國」一看，並非根深葉茂。又如同看著銀幕上美麗端莊的女星去懷想從未見過面的母親，經過滴血認親，母女重逢，發現黃臉悍婦一個，不常刷牙，對自己也不很親近，多少有點失望。那時，不知為何，心裡頓生愧疚，就像當初自己受人之託，替人照料故居，但卻沒有忠人之事，使得瓦漏牆頹，滿園雜草，很是對人不起。細細一查作者來歷，霍霍，來頭不小，南洋巫女，少年成名，得獎無數，著作等身，譽滿馬華、星島、台灣和香港，然後登陸，不知意欲何為？其人自稱「巫女」，妖氣十足。文如其人，不走尋常路線，清新中透著怪異，冷靜裡泛出熱情，質樸後藏身技巧，有一種魔力，一旦中毒，便難以解脫。作為一個「五年陳」的老讀者，漸漸地品出箇中三味：最好的小說家是「通曉世故的詩人」。

文字如詩，輕靈自然，不落俗套。在巫女筆下，萬物皆有靈性，人與物、過往與未來、現實與虛幻往往交織一起，界線模糊。我猜，巫女幼時或許孤單，童話書看得太多，並時常與身邊萬物對話，久而久之，她的筆下，萬物都有了人的特質。譬如：「這路很不友善，是一條很年輕的路才會這麼莽撞和尖銳」，路是年輕人，莽莽撞撞。「陽光在給排列在赤道上的樹木燙頭髮」，樹枝如頭髮，在陽光灼烤下垂順而又無精打采。「月亮很遠，光照微弱，或許光都讓棲息在窗花上的蜘蛛吸收了，它的許多乳房在月光中徐徐鼓脹起來」，蜘蛛會吸心大法，奪取月亮多年的功力。「把這個二月剪輯一下吧。咔嚓。去年華麗的冬雪已殘，今年的第一場春雪悄悄落下」，時光似電影膠片，可剪又可輯。「季節在和我玩一二三木頭人的遊戲。儘管每次抬頭，看到窗外彷彿還定格著昨天的夏日，但我知道它會在我低頭讀書時，偷偷捲起逐日褪色中的影子，沉靜而曖昧地往後退去」。季節像個調皮的孩子，玩起了障眼法。這些文字充滿著女性色彩，而且是年輕活潑之形象，很容易讓人聯想到古靈精怪的黃蓉。

小說深刻，洞悉人性，悲觀中透著不捨。以我體會，巫女洞察人性，觀察生活細緻入微，雖然其文筆中時常流露著悲觀、無奈和對世俗生活的不信任；但是細細揣摩，其中的積極和消極因素的比例也在不斷變化。像太極圖，在一片漆黑中有些許白點，潛藏著平和與慈悲的種子。隨時光流逝，黑白漸趨平衡，正如紫書言：因為我已成為我自己。〈這一生〉描寫女人一生的無奈。畫卷不長，完整描繪了一個普通女人的一生，孩子、老公、婆婆是核心，也是全部。這是許多女人的生活，卻不是有些女人想要的生活。〈內容〉感懷夫妻感情之脆弱。「那是種漂白似的效果，感情在逐日褪色，而被漂白過的婚姻變得乾燥了些，質脆了些」。枕頭布裡包裹的盡是破棉絮，經不起歲月的考驗，時間一久，原形畢露。在〈鑰匙扣〉裡，妻子善解人意，丈夫不忘舊情。「那是她再熟悉不過的鑰匙扣了，一個半圓型的『喜』字，銀灰，合金製品」。丈夫保存多年的半個鑰匙扣，終於和情人合璧。〈童年的最後一天〉隱喻在生活面前，童真不過是奢侈品。「隔壁家的大娘經常過來，還在說著一大堆偏方的名目，不時瞟一眼炭頭。還差一味黑狗血啊」。孩子的寵物，終究成了母親的藥引子。〈春滿乾坤〉滿是華人文化的符號。「這才總算到齊，完完整整的一家」。一家團圓，親意融融，就是「福滿門」。剔出世俗，從紫書的文字裡總能看到傳統，看到普世價值和人性之美的影子，應該不算是誤讀。

為人豁達，特立獨行。她似乎早早參透人生與生死，謝絕人間的煙火和平庸，不修人間，不下地獄，連天堂也要嗤之以鼻。三十五歲，放棄那退休前的二十年安穩日子，從此一直在〈行旅中〉，從南洋的Kopitiam，輾轉徐緩旋轉中的北京，再到那遙遠多雨的英倫小鎮。因為不甘心徒然消耗生命，如此，在星河飄流。敢問路在何方？可曾倦鳥歸林？我相信，對巫女來講，旅行可以暫停，寫作卻不能暫停，之所以能一直寫下去，是因為寫作於她，如同閱讀，其實是一種享樂。

三・逐處

命運會撿起它們，
命運總是喜歡在每樣物事上塗鴉，
給它們畫上不同的條碼。
——瓶中書

離騷

回來了。

開門，房子用憋了一個月的悶氣回應我。

天陰呢。窗台上攤開著一卷微涼的日光。爬上去把窗門推開。沒感覺有風，但許多超載的大卡車把一斗一斗的聲浪傾入。

房子幽幽地吁了一口氣。

我回來了。一番舟車勞頓，需要調整身心。於是把自己摺疊好放在瑜伽墊子上。十分工整的架勢。盤腿，拈指，眼觀鼻鼻觀心，平穩吐納，喉式呼吸，微涼的流光湧入丹田。我什麼都有了，但我尚未喚回自己的平靜。

總感覺光陰在房子裡遊走。看不清她的身影，只在眼角的餘光處閃現，像嗑藥者在跳一個人的華爾滋。我知道的，她正在向我暗示孤獨。退下去吧，我有事情要想。

記得奈波爾在《抵達之謎》裡寫過，在那英國的老莊園裡，在他獨居的小房子內，有一個晚上他忽然感到呼吸困難，爾後大病一場。就在復原期間，他十分清晰地感知，就那樣了，自己已經從中年步入老年。

從中年步入老年，彷彿一夜之間。

一夜之間？太匆忙了。我想到練霓裳，或者瑛姑，一夜白髮。那是個怎樣的過程呢？夜裡突然被病魔掐住脖子，於是一夜都忙著要掰開它的手指。沒來得及釐清是夢境或是現實呢，天亮時自己就成了老人。

像這次回老家，母親有一天忽然告訴我，某日中午她在附近遇上一個陌生的中年男人，那人喊她阿婆。

如同一個多年的詛咒突然破除，母親愣在那裡。然後她騎著自行車回家，路上一直遇見年輕時的自己。姣好甜美的姑娘啊。母親說這個時一直在笑，笑出眼淚來，聲音都哽咽了。而我坐在梯階上，抱膝，昂起臉來注視她黝黑的臉。這讓我覺得自己仍然像個孩子，可歲月已經捲起我們在人世走了一圈又一圈。

媽。

我努力微笑。妳想怎樣呢？妳女兒都已經是阿姨了。

真有這樣的事啊。甚至不是一夜，就那麼一瞬，歲月解除它的封印，撤去障眼法，於是突然有一面鏡子映照著妳的龍鍾老態。可怎麼我在想像那個騎自行車在路上哭泣的母親，總覺得她像個對歲月一往情深的女孩。

媽。

沒有過去擁抱妳，是因為不想抱頭痛哭。面對人生和歲月，我們要有自己的風骨。如果可以選擇一個姿勢，現在這樣很好。盤腿，腰背挺得很直，不動如山。任歲月圍繞我唱忘憂的歌跳糜爛的舞。

天色緩緩沉下去，我繼續用緘默來呼喚我的平靜。

繼續想起一些瑣碎得記亦可，忘亦無妨的事。譬如我曾經對誰說過要寫一篇叫〈童年的最後一天〉的極短篇小說；譬如《封神榜》裡有個情節，寫比干受姜子牙的法術保護，剖胸取心後不死，卻在回家的路上遇到一個老婦叫賣空心菜。老婦一句「空心菜」便讓比干倒地而斃。還有，譬如幾個英年早逝的藝人，一株孤零零的蘭花，Jeff Buckley 唱的

Hallelujah·，譬如扔在廳裡尚未安置的行李。

譬如行李箱裡有一本很厚的小說叫《白牙》。書裡夾著兩張黑白照。母親在照片裡。青春，青春在她的笑顏裡。是的，對歲月一往情深的大姑娘。

你好。很高興認識你。

湛寂時

這兩日雜念紛沓，下筆無從。而且陽光自上午便魯莽闖入，如阿波羅策騎到人間擄掠，房子裡光猛得令人感到暴露。沒輒，音樂點燃了一支又一支，現在聽的是王月明。青海青，敕勒川，古道西風玉門關。風滾草，在天涯，大漠孤煙；瘦馬出塞，明月出天山。

新世紀音樂是我一直喜歡的。古今揉合中西合璧，斬崩刀摔破碗敲竹槓，天地風雷盡收囊中。那精神自由得很，再不是古調雖自愛，今人多不彈。說到這「彈」字，我便想起元宵晚上去逛燈會，因人如潮湧，便隨波逐流地擠到一店內。遇箏數台，我隨手撥了個輪音，店裡遲緩流動中的人們有不少都抬頭注視。像看外星人。會彈古箏的外星人。

可惜我的琴技粗淺得很，要不那場合真該轉轉雙肩鬆鬆十指，秀一曲將軍令或春江花月夜。可那輪音已足於讓同行的友人雙眼圓睜，做萬分詫異狀，說我是他的朋友中唯一懂得「玩」民族樂器的一個。哦，這「玩」字叫人愧，不敢當不敢當。學箏不滿一年，而且還是很久遠以前的事，如今恐怕連一首兒歌也奏不全了。倘若遇上的是一把二胡，也許我會更自信一些，也可以更賣弄一點。遺憾啊，竟是箏。便唯有點到即止。

二胡，老家擱著一把。我對它的好感遠勝於箏。一是因為輕便，二是因為其聲嘶啞粗礪，有江湖味道。當年是兩種樂器一起學的，後棄箏專致習二胡，似乎多學了個一年半載。其實我心底最鍾情的或許是笛，因其形更輕巧，不必調弦收弓，非但便於攜帶，而且那一管細竹被賦予君子神形，氣質高雅，音悠遠清亮，比之二胡，顯然要出塵些。年少時我多麼嚮往當個遊俠，野遊為主行俠為副，攜一根橫笛或洞簫遊走於雲煙與川嶽之間。卻不知什麼時候開始，又覺得一管長笛讓俠客的形象變得矯揉造作，而這麼矯飾的俠客啊，武功必然好不到哪裡去。還是《魔戒》裡的人王阿拉崗好些吧，他要能奏樂，用的也許是一片草葉。

忘了說箏。不想說箏。只想到無數仕女圖中那些彈琴者個個焚香對月，窗外開著碗口大、式樣繁複的重瓣花。想到唐詩寫「鳴箏金粟柱，素手玉房前」，再想到「欲得周郎顧，時時誤拂弦」。那些個小女兒家心事，唉。射手座女子自然不憧憬這個，於是當日便頭也不回地棄箏而去。我達達的馬蹄是美麗的錯誤。我不是歸人，是過客。

氣魄不夠，沒學笛；性格不合，棄學箏。本以為此後就能與二胡長相廝守了，沒想到終於還是要割捨。畢竟天賦不過爾爾，而人生苦短，要經過成長和不斷歷練以後，才認清自己需要更大的專注去完成這蜉蝣般的人生。為免一事無成，遂不敢再當八臂哪吒，也不敢再逞那十八般武藝的強。許多興趣與愛好，假臂一樣，被逐一卸下。這些年唯誠心寫字，用功吃飯，努力生活而已。也從那時起，音樂再浩浩蕩蕩不過如風灌耳，再與手指無關。

專注卻是件美事。就像我也會說素食十分美好，或素描令人醉心一樣，許多看似簡樸單調的物事，都能因為專注，因甘於細嚼慢嚥而發掘出真正的滋味來。生活也必當如此吧。像我每日傍晚練一個小時的瑜伽，也開著淙淙禪音，在各種動作中獨力承擔自己；聽到筋骨嘎嘞嘎嘞地響，很內在，既遠且近。這些微細的聲音有一日讓我明白，那許多看似扭曲的肢體動作，其實是更高層次的伸展。

我的瑜伽音樂，最後一曲是宮田耕八郎的尺八獨奏。尺八是日本長笛，全曲再無其他聲音。那時候練習已進入最後的攤屍式，靈與肉都得全然放鬆。據說可配合練習，冥想自己躺在原野上，或寧靜的沙灘。我卻總是不期然幻想自己於黑夜裡平躺在廣闊的沙漠中，月光與風沙將這軀幹一寸一寸地掩埋。因此想像總是以一片漆黑終結，畫面無以為繼，只有尺八的聲音滲入沙地，悠悠注入耳蝸。

那樣的黑暗中，我專注於傾空與寂滅，似乎再沒什麼可以想像了。真要想，頂多去想一些字幕。

魔鏡

有感冒的跡象。我沒多做什麼，只給自己弄了一杯蜂蜜水。一定有用的，因為沒聽說蜜蜂會感冒，也沒看過牠們打噴嚏擤鼻子。然後我花了半天時間坐在電腦前發呆，耐心地等待好轉。

想起你問，發呆的時候是不是雙眼無神，精神恍惚。

想起我答，發呆的時候一般不照鏡子。

想起鏡子，想起那一句「Mirror mirror on the wall，who's the prettiest of them all？」小時候讀的童話書是這麼譯的——魔鏡魔鏡，告訴我這世上誰最美麗？

想起你問，是不是童年時就愛胡思亂想。

想起其時我心裡懷疑，難道你童年時就不胡思亂想？

想起年幼時我們這樣追問：「為什麼A會是A？」「因為B所以A是A。」「為什麼B就會使得A是A呢？」「因為C啊，所以B就會使A是A了。」「……那，為什麼C就會讓B造成A是A？」

「……」

想起打從何時開始，要有多大年紀和多少的人生閱歷，我們終於鎮壓住心裡那根多疑的神經，才按捺得住發問的衝動。雖總是不明其義，或其實似懂非懂，卻很無為地接受了A和B和C之間的必然關係。不爭了，因那都是些雖不解卻不爭的「事實」。夫為不爭，天下莫能與之爭。

可小時候我是那樣疑惑，魔鏡憑什麼裁決哪個女人最美麗？看看插圖裡的人物，那後母的姿色，怎麼看都不像僅僅排名在白雪公主之後。迪士尼的卡通裡，白雪公主有點嬰兒肥，圓滾滾的臉，稚氣未褪，說話嬌聲嗲氣，明明是個女童。聰明的後母為什麼要聽信魔鏡呢？就像長大以後我仍然會問，為什麼會是上帝？為什麼不要問只要信？

也許根本沒有魔鏡，也許魔鏡不是個實物，魔鏡在心裡。魔由心生。菩提本無樹，明鏡亦非台。可憐的王后一定是美女當太久了，習慣了三千寵愛集一身。以後眼睜睜看著自己的青春和美貌被歲月壓榨了去。那時候沒有拉皮技術，沒有羊胎素，也沒有肉毒桿菌。正惶恐中，身邊的小女孩卻日漸長大。美與不美還難說，可皮膚那麼好，冰肌玉骨膚色勝雪，陽光下幾乎是半透明的人兒。多刺眼啊，這無時無刻不提醒她韶華已逝。怎不叫人坐立難安呢可憐的王后。

想起電視上那些年華老去的女伶，在護膚品廣告上用了大量的電腦技術。很Photoshop的效果。她們對鏡頭笑著說，沒了雀斑和皺紋，滑嫩嫩的，肌膚像剝了殼的雞蛋。

也許沒有魔鏡。魔鏡是一個守城的侍衛，也可能是一個宮女，再加一個老裁縫。他們說，白雪啊你是我見過的最美麗可愛的公主。沒有魔鏡，魔鏡就是白雪的麗質與青春；魔鏡是歲月；魔鏡是自然界的定律。

真巧，王后的凶器是一隻紅蘋果。想起創世紀裡的亞當，被夏娃誘他吃了禁果，那卡在喉間的，不就叫「亞當的蘋果」麼？也許連分辨善惡樹都是不存在的，菩提本無樹，只因為上帝說了有，那蘋果便結在阿當與夏娃的心裡。或者王后也不真的修過巫術，懂得煉果。唯魔障既生，殺機便起，豁出去的女人無所不用其極。而這一切無非是自欺欺人而已，阻止了白雪公主的成長與娉婷，並不意味也能阻撓自身的老去。她終究無法使青春多留一陣。兩鬢的白髮，眼角的魚尾紋，世故，滄桑。沒有魔鏡，魔鏡是王后夜間分裂出來的人格，就像我們這些信徒們動不動把撒旦視作罪魁。

而我甚至懷疑，會不會呢，也許王后從未毒害公主。她要真想殺這女孩，何必費大周章煉製紅蘋果？一劍捅入她雪白的胸膛便成了，或許還有餘裕在公主圓潤的臉上雕一個龜或「井」符號，不給她留任何翻生的餘地。而她只給女孩一個紅蘋果的詛咒，況且這詛咒十分兒戲，似乎隨便一個王子的吻就能解除——似乎她只求有人把白雪娶了去，帶走，遠離王宮與此城，以後不再出現。會不會呢，白雪之死，由始至終只是王后獨坐鏡前的狂想？

就那樣吧。很多被你判作胡思亂想的，我都把它稱之為思考，儘管它也許看來狀似發呆。而不論是思考或發呆，兩者在進行時，我們一般都不照鏡子。

味覺成都

在成都天天吃紅油。麻辣火鍋慕名已久，來了才知道這火鍋和我們那裡的是兩回事，根本無所謂湯底，滿滿一鍋都是油，色澤豔豔，紅著。我想起我們那裡說不湯不水，是說事情做得兩頭不到位；這裡的火鍋卻叫我覺得如火如荼。那紅油的透明度，我看進去，如注視煉獄中煮人的油鍋，吃得好忐忑，咽下去一肚子的罪惡感。

四川的飲食於我有很大的文化衝突，過去幾年我吃得極簡極淡，尤其是蝸居木屋的歲月裡，對吃更是無欲無求，往往是一把青蔬往開水裡略燙，加點醬油橄欖油便可作一餐，飲食可謂簡陋。腸胃如此清修，一年半下來，已快要不食人間煙火，對葷對油都生抗體，特別忍受不了油膩的食物，從此煎炸之物再引不起食欲（再見了肯德基，再見了天婦羅）；尤其甚者，經過夜市裡賣油炸小食的攤子，胃囊會微微抽搐，快走吧再不走這胃便要不吐不快地磨難人。

可成都卻是這麼個地方，十步一家火鍋店，路過者都要被店裡溢出的油香熱情擁抱一番。那油香有股辛辣味兒，照頭照臉，站久了真覺得身體髮膚都沾香不少，自覺像是從紅油鍋裡逃生的泥鰍或青蛙，身上總透著油味辛香味。這跟老家那些印度餐館很相似，那些店裡的印度煎餅現做現賣，煎餅用牛油，麵團翻來覆去，油煙上窮碧落下黃泉，店裡的人和物無一倖免，都得沾染那牛油的濃情厚意。

川菜偏麻重辣，這我是不怕的。到底是用朝天椒拌飯培訓出來的南洋行者，酸也好辣也好，舌頭味蕾無懼世間一切暴戾；倒是怕甜怕膩，甜是百味中的讒言，膩是芙蓉帳裡的春宵，都牽牽絆絆，總要在舌床上纏綣很久。可看川餚無油不成無辣不歡，紅油花椒辣子與鹽巴都大鳴大放，用得好不揮霍，不由得為川廚那股蠻勁皺眉了。而我特別生那紅油的氣，朋友說這家毛肚好那家黃喉賣得馳名，還有牛肉泥鰍和青蛙，端出來了都泡在紅當當的一鍋油裡，好像不那樣做便會辜負好食材，這真有點偏執呢。

因著那辣與油的情意結，川菜的色相一般偏紅，肉辣菜辣豆腐辣，紅為預警之色。朋友帶我去嚐串串香，便是把串在竹籤上的所有葷、素、鮮全往紅油裡投身，油深火熱，拿起來後有人再往另一碗被稱為蘸料的油裡二度沐浴，也可以沾乾料（搗碎的乾辣椒和花生仁等物），自焚似的把食物往嘴巴裡送。向我薦食的友人看來好此道，可他承認也有腸胃受不了鬧革命的時候。至於我，顯然舌頭要比腸胃好商量些；把關的輕易放行，負責消化和吸收的臟腑卻未必妥協，於是這些天胃痛頻仍，自覺猶如自殘，真造孽。

記得第一次吃麻辣火鍋，是十一年前在台灣的事。請客的人點了個中辣鍋，我後來只知其麻而不知其辣，但記得那鍋裡的湯紅則紅矣，卻遠不如成都所見的油層那樣厚，或至少，當時鍋裡的油香並不黏人附體。我知道這要說出來了，成都朋友們肯定要嗤之以鼻，說那不正宗。我自己並不在意這個，饕餮的是美味而已，怎麼還得替食物講究起血統來。再說，我以為天下佳餚在成為「正宗」之前，一直都在調整和改良的演化中，倒是套上了「正宗」這長得很像王冠的金箍以後，從此有了血緣，遂被鎮在五指山下動彈不得。（想起北方友人對我強調：北方人做的餃子才是最正宗的。嗯，朋友，我愛吃的是好吃的餃子，而已。）

在成都呆了不久，嚐過的當地食物並不算少。象兔頭、鴨唇、青蛙這些「稀奇古怪的」食物，我都一一嚐過。至於黃喉、毛肚、雞肫、鴨心、鴨腸這些內臟，甚至豬紅，這些天被我吃進肚子裡的，大概已超出我過去三十餘年所吃的總和（吃的時候，我每夾一箸，心裡便慘呼一聲，脂肪啊脂肪，膽固醇啊膽固醇）。

朋友多日來招呼我吃香喝辣，之後興致勃勃，要我選出心目中的此行三絕。我什麼都不好說，但我自然會記得朋友的父親殷勤做的餃子；記得洛帶古鎮那裡有家生意很好的客家店，麵皮湯和薰鴨都做得很不錯；懷遠古鎮的葉兒粑要是不那麼油膩，我肯定會吃得更快樂些；賣龍頭小吃的流動攤販把山楂、砂糖、乾葡萄和花生碎撒在漿糊那樣的藕粉上，做法簡單味道卻很了不起。啊，還有，天黑了才開始在街角做生意的燒烤也挺不賴。

我也不明白為什麼自己記起的是這些，而不是那些早已遠近馳名的川食。也許是因為我想念的是吃這些東西時的情景和氛圍；喜歡夏夜裡站在街角吃一碗甜甜的藕粉，再拿著一把羊肉串牛肉串黃喉串木耳串雞胗串，邊吃邊走邊說邊笑……在回去的路上。

越境速寫

1.

就像在離開每一座異鄉城市前，我都會去尋找郵局一樣；我已經習慣了，先在這些陌生城市裡尋找美術館。

感覺就像在進入每一座豪門宅院後，直接去淘主人的珍藏。

在紐約，我去的是古根漢（The Solomon R. Guggenheim），然後趕在天黑前步行到大都會美術館（The Metropolitan Museum of Art）。前者主要是展出展館的建築物本身（無「廳堂」的螺旋式展覽牆，如被拔起的卷宗），再加抽象派大師康丁斯基畢生的作品無數。

大都會美術館那裡有個短期的日本武士藝術展，而吸引我的，還有幾幅梵谷的作品，莫內，以及愛德格德加（Edgar Degas）筆下的女人。

我想，就像在無明處追求光一樣，這些建在城市中的美術館，會讓我這初來乍到者，在一種不太實在的存在意識中得到十分私密的安全感。每次看到過去曾經在畫冊上看過的名作，總會有一種「終於被我逮著了」的親切感。即便是面目被畢卡索lego得奇形怪狀的女人，或是康丁斯基那既像數學題，又像一堆摔開的零件似的幾何與線條，每每看到眼熟的，我不禁錯覺自己是個祕密的洞悉者，一個真相的持有者，又像一場捉迷藏遊戲的旁觀者，那樣地行經千山萬水，又穿越了時光隧道，在漂浮中茫茫裡遇上一些似曾相識的面孔。

原來你在這兒。

於是我會站在那些畫前，笑得像羅浮宮中的蒙娜麗莎。彷彿早已預知百年後每一個前來相遇的人。

2.

他們說要感知紐約，還是得去聽聽音樂。

於是我在週六晚上到百老匯看了一場音樂劇。獅子王。迪士尼原創，老少咸宜，自然比不得巴黎紅蘑坊的表演般犬馬聲色。而週日晚餐後我擠到Blue Note裡聽爵士樂。這餐館號稱爵士之都，坐落在Greenwich Village，那是紐約的心臟位置，音樂成了這城市的心跳。

我自然覺得紐約的心臟有點擁擠。人們不得不與來自世界各地的陌生人擠在小小的餐桌上用膳，以至我有點不好意思不把整瓶的白葡萄酒分一些到旁人的杯裡，鋸牛排時還得小心翼翼，不讓手肘碰撞到身邊那俄國婦人豐滿的胸部。那是一種叫我難以適應的侷促，每個人只能分得那麼小的空間，小得來不及私密，小得連眼神的交流都會被攔截，小得那些瘦削的侍應生要像雜技演員似的，把堆疊得老高的大托盤扛於肩膀，穿行在只有他們才看得見的狹道上。

Sophie Milman是那天晚上的歌者。其他的，還有一台鋼琴，一把大提琴，一支薩克斯風，一套鼓。這些都擠逼在小小的台上，音樂聽來很隨性，第一首歌就是Take Love Easy。好音樂如酒，能讓人暫且忘記環境的困窘。況且歌台雖小，每一個演出者卻都能分配得自己的空間。歌者適時禮讓，鋼琴與薩克斯風鋒芒畢露，而大提琴淡定，鼓聲從容，演奏者的風采一點不比歌者遜色。

這樣的音樂確實符合我所想像的紐約。現實空間狹窄，但夢寬廣而巨大，有足夠的土地分配給每一個懷抱理想的人。於是人們從世界各地聚集到這裡來，就像在華盛頓時，我和其他四人擠上一輛計程車。因路途無聊，大家自報來處，才知道有馬來西亞、黎巴嫩、肯亞、愛爾蘭，加上從埃及（有時候會是印度或墨西哥）來的司機，誰也沒到過誰的國家，而天大地大，我們像從五洲七洋撈上來的沙甸魚，被塞進一個罐頭裡。

那一刻，我因為察覺地球很小，居然微微感動。

藍便條的第一場演出未到十點便結束了。然後他們說，去聽紐約人聽的音樂。於是我們把雙手塞入大衣口袋裡，迎著有酒精味的寒風走到附近的Cafe Wha。這名字讓我覺得有譁眾取寵的味道，而裡面的格調也像這名字一樣，凹凸不平的磚牆，略微粗糙的黑人與拉美曲風，鼓手坐的地方掛滿了瓶瓶罐罐和木魚狀的小樂器，這讓頭上披了許多小辮子的演奏者看來邪門歪道，像個求雨的巫師。

那裡相當吵鬧，適宜喝啤酒，不適宜舉高腳杯。而我忽然感到困倦，午夜離開之前，我一直都在集中意志力，緊盯著那黑人鼓手用他的各種小道具呼風喚雨。

3.

顯然，我深受電影荼毒。譬如乘船去艾利斯島（Ellis Island）時看見自由女神像，我腦中突然浮起 *The Legend of 1900* 中歐洲移民們擠在甲板上的畫面，並且有強烈的衝動想要舉起手指著女神像，用義大利口音高喊「A-me-ri-ca！」。

電影裡的海上鋼琴師說，每一趟船上都會有這麼一個人，一個發現者。

而我站在林肯紀念館前，想到的是軍裝畢挺的Forrest Gump。白宮和國會大廈會讓我想起災難片。其他的美國符號，譬如到處飄揚著的花旗，以及總有一間在附近的星巴克，都會讓我對這個國家不至於感到太過生分。

我並不怎麼抗拒這些會寄生在記憶裡的文化符號。事實上，在國家廣場（National Mall）與Smithsonian博物館區遊蕩時，除了人，我也遇上許多不畏人的松鼠、鴿子與水鳥。這些生靈在一個城市中與人類共用存在的空間，讓我對華盛頓充滿好感。我想符號化本來就是其中一種記憶的方式，就像我明明已逐漸忘記人們的長相和名字，卻會在聽見Chef這個詞時，不由得「想起了」給我煮過義大利麵拼盤的廚師，或是在聽說流星雨時，總會在心裡祈禱，溫柔地祝福那遠在哥斯達黎加的醫生。這些符號的作用是標籤一串事情，一些人，一段歲月或經歷。隨著時間那流線形的風化，我也許會遺忘大部分細節，卻必不至於忘記標籤本身，以及它背後的故事與刻痕。

就像看見堅果，我便會想起松鼠和英國。

4.

現在我能記得的就是這些了。如果還有其他值得被記取的，大概已被我偷偷寫了在明信片背後，如今正在迢迢千里的寄送路上。其中或有遺漏，但就像我昨天才在給友人的回信中寫的，隨風的就隨風吧，消融的就消融。世上大多事情都如此，只能如細雨般落入塵土而無聲。

一月的河[1]

我在這裡。我在一月的河流。南緯二十二度五十四分，西經四十三度十四分。這麼說就覺得你須要用人造衛星來搜尋我。就覺得你如果用google earth，把地球放在顯微鏡下；隨著焦距的調整，或許你就能在一條瘦河畔的草棚底下發現正抬起頭來等待你的目光的我。

冬季的里約熱內盧陽光充沛，雨也下得很慷慨。那些我在赤道上見過的許多植物，譬如棕櫚、蘇鐵、朱槿、九重葛，紅芋葉與無數蕨類，在這裡都因營養過剩而長得形態懶散，有點飽食終日無所事事的意思。河岸的樹上每天有許多小得像精靈一樣的猴子在縱躍奔竄，牠們目無表情，如同森林中的巫族，每一隻看來像戴了個畫在指甲上的臉譜。

我看過這些猴子傍晚時沿著電線杆上的電纜攀行，如同忍者一樣悄悄潛入人類文明之中。牠們不像我在英國郊區的院子裡看到的那些捧著堅果在打聽消息的松鼠。牠們並不友善，且行走無聲，目光沉沉，安靜得像是正在讓自己消失。

好幾次我站在樹下與牠們對視，都想起《幽靈公主》裡那些通體半透明，頭顱轉動時會發出計時器運轉之聲的森林精靈。嘀嘀嘀，嘀嘀嘀；順時鐘，逆時鐘；正計時，倒計時。

我把波赫士也帶來了。坐在這裡讀拉丁美洲作家，矯情但應景，就像女人到了這裡的海灘就該穿比基尼。對我來說，這裡的人們確實充滿異域風情。年輕人大多健美而野性，穿得很少，吃得很多，肉食。眉稍眼角多有豹子般貓科動物的氣質，凶猛而妖嬈。

看到了嗎？我在這裡，巴西利亞時區，GMT-03:00。這麼說就覺得你應該以逆時鐘方向轉動你的地球儀。當你在今夜的夢裡收拾我留在窗台上的殘影，我還在你的昨日，乘坐直升機盤旋在科爾科瓦多山的耶穌像頭上。真惱人，即便高於這世上最巨大的耶穌像也依然離天堂很遠，並且自覺如一隻蒼蠅，擔心會被耶穌揮掌擊斃。

---

1 註：Rio de Janeiro 原意為「一月之河」。

觀光常常是行旅中最無趣的事，這時候我最需要一副墨鏡去掩飾自己的心不在焉。當人們在那巍峨的耶穌像下模仿神子的動作，紛紛對人世敞開懷抱，我想到的是來時路上遇到的一隻匍匐而行的樹懶，還有街上那些隨處可見的塗鴉。這是一個精力旺盛的城市，路上有許多穿著人字拖的男男女女，好像大家都準備好了隨時可以到海邊狂歡。耶穌住在山上，舉頭三尺有神明；富人區背後有貧民窟，住宅旁邊有河流，猴子與野豬。你也許會聽到槍聲，卻不會知道中伏的是一頭野豬抑或是一個毒梟。

來了一週，下榻的地方臨河。那河流水色混濁，兩岸各有一排半身泡在水裡的樹。它們枝繁葉茂，彼此勾肩搭背，像一群在河中泡澡不願起來的鬈髮小伙子。這條瘦河十分安靜，七月的風在水面航行，冬季把手伸入水裡，撥弄它，以致那水看來冷而神祕，有時候會讓我懷疑水裡藏了巨蟒Anaconda。

不管怎麼說，這裡是魔幻現實的發源地。我在這裡便不免心不在焉，終日耽於奇思異想。只要想到在這麼狂野而好逸惡勞的美洲大陸，西班牙語和葡萄牙語又那樣地翹舌拗口，吵吵鬧鬧，馬奎斯竟然寫了一本叫《百年孤寂》的書，這就會加深我對這地方的好奇與嚮往。當然還有波赫士。他在談話錄中說了好些讓我印象深刻的話。其中有一句他是這麼說的：我們都活在時間裡。

說得多自然，像是在說「我們都活在空氣裡」。

都說了這麼久，還沒找到嗎？在這兒呢。在漂流的時間裡，在靜止的空氣中，在六十多億人口群居的行星上。我正捧著一個椰子，在享用我杯水車薪的寂靜。

字塚

我想起來了。那個長假，炎炎的日頭下，每週有六日吧，我得徒步南行，到離住家不算太遠的印刷鋪裡打工。鋪子很窄小，像個小作坊，以致我遲疑著該不該把它稱作「印刷廠」。那是一間老式雙層店屋，格局狹長，樓上似有別的租戶，有獨立的旁門出入。樓下的空間被兩台碩大笨重的印刷機器占用了大半，餘者堆滿了成摞成疊的紙張與印刷品——部分半成品，部分已包裝好等待送出去，部分已經被廢棄。那些未被可觀物質填充的空間，則洋溢著油墨的苦香與紙品受潮後散發的霉味。

那時我約莫十五、六歲吧？年底七週的學校長假，我每天穿著涼鞋走路去上工。有時候去得太早，店閘門只掀開一半。我矮身鑽進去，逕自到小小的辦公間裡向老闆報到。那裡面坐著個老人家，有時候會是他的女兒，是個中年婦人了，我從未曉得誰才是真正掌權管事的頭家。

他們每天早上給我分配當天的工作，性質變化不大，裝訂、打包、給機器裝紙……更多時候會讓我到後頭的字房裡「揀字」。那時候還用著鉛版印刷，每天總有一堆用過後被扔到簍子裡的鉛字，如累累戰骨，等待回到各自的歸屬。後來熟練了，功夫升級，還得按指示將架子上的鉛字挑揀出來做清樣。我意識到鋪裡所有工人都厭惡這活兒，因此我這幹不了別的事兒的新進雜工來得正好。我自己卻是心中暗喜的，那是我最喜歡的差事——有自己的工作間，幽黃燈泡的昏照下與滿室鉛字為伍，待久了便有一種在陵墓中考古似的味道。

現在回想，那字房就在店尾一隅，鄰著廁所，兩室門外有個小面積空間，凌亂地堆放著許多陳年雜物。別人也許都把那裡當活死人墓，潮味總是從舊貨和棄物堆裡透出來的，字房裡則鉛粒鋪天蓋地，像文物，又密密麻麻如歷史的複眼；都冷森森，似在對誰逼供。可那逼仄的斗室卻成了我一個人的太虛，說起來那也是我「實質上」與文字結緣的地方，就像那裡有一窩不為人知的輕舟，可讓我在時光中逆溯，盪入倉頡墓中。

我左掌抓住一把鉛字，右掌揀著一顆，食指尖輕輕摩挲和感應那上面的凸體，辨識它們的形象、字型與字型大小。那樣地專心致志，那樣地神不守舍，待一整個上午或甚至一整日也不怕會有人探頭進來干擾。

這世上就該有那樣的地方，空寂玄奧，包羅萬象。即便只得小小一個角落，也足夠造就與成全某些人的內向、自閉、孤僻，以及他們可能有的飄渺的幻想，或偉大的沉思。如今我知道該為彼時有那樣一個堆滿文字的小房間而感恩，正如一座鴻博的阿根廷國家圖書館與深邃的波赫士如天作之合，我想那小小的字房與我也十分匹配。我喜歡那裡面的每一顆鉛字，它們沉甸甸的重量，它們留在我手上的炭色粉末，那些陽文印雕般的凸體，更重要的是它們所暗示的種種可能；一張傳單，一柬喜帖，一本書。

而今我看見了，當初那女孩因不能抽離而未能意會的景象——我站在一座晦暝的字塚內，燈下的側影如宣紙上的一灘潑墨；女孩像個牧人，讓迷失了的鉛字逐一歸位。這世上所有尚未成其書的書都在我的指間，像無數成熟的精魂在輪候屬於它們的肉身。那字塚裡無所不有，每一個文字都遠比一座圖書館浩瀚，它們加起來也隱含了上蒼記錄造物的所有卷宗。我的掌心，有一個漸漸生成的宇宙。

奇怪的是，這圖景幾乎沒有在我的腦中留下任何印象。也許短短數週的經驗實在太依稀，也可能堆滿雜事與光陰棄物的記憶層將它藏得太深，當然更有可能的是我年少時蒙昧，只能自覺歡喜，未能伸長思想的觸爪。

那一年長假結束以前，我辭了工，很可能最後一日仍然窩在字房裡，下班前兩手全被鉛字染黑。我用那一雙手小心翼翼地接過老闆結算出來的工酬，鈔票上散發著唯鈔票獨有的汗水味，像是狐臭，一整間鋪子的油墨味都遮掩不了。

在印刷鋪一月半，印象中並未見過他們接印真正意義上的「書本」，充其量不過一些宣傳用的廣告小冊，更多的是那時節趕印的掛曆，摺式包裝盒，以及好幾批紅彤彤的，上面印著龍鳳搶珠圖的囍帖。老闆是個老派的小商人，最終七除八扣後付我的工資是夾著幾個硬幣的，一個子兒不少。他甚至沒讓我拿走過一個以風景畫或明星照作背景，上面的小方格詳細印著兩行跑馬圖的劣質月份牌。字房外面放雜物的地方倒是堆著不少往年的掛曆，年年月月，像是過期前沒來得及花費，只得心虛地掩藏起來的舊時光。我確曾不屑於老闆的小器，可自己也不真清高，臨走時還是偷偷把幾枚鉛字放進褲袋裡。

我記得回家後我曾向兩個妹妹展示過那些鉛字。攤開手掌，它們像僵死了的昆蟲臥屍於我掌中。因我不善收藏，也因為我根本沒放在心上，那些被抽離字房與印刷鋪後馬上失去生命的鉛字，遂成了幾枚毫無存在價值的鉛粒，自然如同我的其他零碎玩物，不久便失落在歲月的罅隙中。

至於那滿滿停泊著鉛字與精魂的小房間，也很快淡出我的記憶。

那家印刷鋪如今肯定已經不在了。每次我回去老家，仍然常有機會開著車從那條街上經過。兩排老店屋還守在原處，其中許多已經翻新過經營著別的生意。可因為絲毫沒留下「曾經有過一家印刷鋪」的痕跡，以致那一小段經驗也幾乎從我的意識中連根拔去。若不是前些日穿進老家舊街場的巷弄，經過一家製作名片和膠印的老店窗前，瞥見了桌上放著的小盒子裡裝著好些鉛字粒，想來我不可能在茫茫蕩漾著的浩淼時日中打撈起這遺失經年的吉光片羽，以及那一座漂流已遠的字塚。

我一眼把它們認出來了。那些鉛字，依然像是鑽出了時間厚土，從千年以前爬到這時代這桌上來的昆蟲，或僅僅只是些標本作用的屍殼。身邊的友人問我何以曉得。我微微一愣，回過頭看他。有點背光呢，店鋪樓上蕨影颸颸，小巷上空的陽光被風搖得沙沙作響。

那一瞬，我看見一盞昏黃的孤燈，幽蔽的斗室，鉛字上的眼睛如滿天星子朝我幽幽凝視。我終於想起來了。

你不是別人

當我把所有的習慣逐漸養成以後，生活便逐漸等於所有習慣的串連。

＊

傍晚時分，生活中的這個時刻。我指的是生活裡許多習性在同時進行，其中一些忽然被卡住了的時候；當我遲疑著是否該為綠茶續杯的短暫瞬間，以及在初次打開一本七百多頁厚的文集之前，為著我的錯愕，世界像電源短路似的，突然跳閘，接不上供給它能量的時間。

但生活還維持著它的進行式。窗外的雨絲一鞭一鞭劃下，在玻璃上留下指甲刮過似的痕跡。別的還有什麼呢？我其實也正凝神辨別著外面走道上乒乒乓乓的一串聲響——擋風門被人粗暴地撞開，隔壁人家的電子門鈴緊接著幽幽響起，像是被電話聽筒篩過的聲音，聽著遙不可及。

隔著兩重門，有人在外頭；在第二重門與擋風門之間的五角形空間裡，嘟嘟噥噥，像是在壓沉嗓子說話。

因著阻閡，忍不住想像這蜂巢似的空間結構，老感覺一切很不真實。

並非因這像是個幻境，反而是它太過真實，每一寸空間都滿滿地填充了豐富的細節，每一個細節本身也都纖毫畢露，真實性無可反駁，倒是反襯出我的空無，以致我沒有太大的把握去相信自身的存在是一件實在的事。

幸好只在剎那之間。我是說，當我感受到「世界」的細節如迅速長起的藤蔓，密密麻麻地爬滿了我所處的時空外部。或者我該說：我杯中無茶，手中的書與書中的世界尚未向我敞開，其實就那麼一眨眼的工夫。我警醒地翻開書，世界的這一扇門打開了，另一扇門便自動合上。

我已經懂得了生活中的這些小陷阱，畢竟沒有誰的生活可以真的十分平順。這裡那裡，必然會遇上絆人的皺褶或坑人的裂隙。我因為內向善感，耽於冥想，容易被虛空吸引。也許虛空本身有深邃和祕密的意味，那於我便是巨大的磁場，暗示著無窮的探索與發現，或許也誘以逃離和尋覓，是一個掛著無形之餌的魚鉤。真實中我從小已為井穴洞窟，隧道與鏡子等所隱喻的延伸之境著迷，甚至是一扇陌生的門吧，對我（而不是別人）總是有著某種神祕的力量，彷彿人群中唯獨我聽到了門後面迴盪著的召喚。

就像在這世上，只有女孩愛麗絲看見那揣著懷錶的白兔。

我知道這事的危險，它是我生活中不易察覺的流沙，一旦失足便不由自主，只有愈陷愈深。所謂危險，倒不在於那虛空所包涵的無垠，而在於我自己的淺薄和怯懦。我以為世上難得幾個大智慧者，有這能力和勇氣去直視生存的虛無並與之對質。那種「我是誰？」式的提問，我懷疑答案很可能就是問題本身，它不像洋蔥那樣，只消一層一層剝開就必能觸及核心，而是一條幽暗無明，途無窮盡的漫長甬道。那是魔鬼拋給天才們的魔方，而我平庸，隱隱知其奧妙浩繁，卻明知無力拆解；光是注視它便已感到了馬上要被吞沒的危機。

於是我後退，別過臉，翻開書；推開世界的另一扇門，讓這一扇門關上，遮蔽裡頭那凶猛攪動著的漩渦。

但我明白它總是在那裡的，每當我的肉身靜止，靈魂孤寂，便能聽到它在生活的小裂縫裡，像一傘無限大的水母綻放牠那發光的、充滿引力的靜謐。許多年了，我已經練成一種自覺去抵禦它無聲的呼喚，我對它說，我走了，世界在另一邊等我。

此刻吧，卡夫卡在世界的另一邊。我的書桌上還有波赫士、村上春樹、納博科夫、賈平凹、喬伊斯、大江、芥川、柯慈、卡爾維諾、詹宏志、周作人、韓少功……還有不久前從上海文廟書市淘回來的《一千零一夜》三卷與《牡丹亭》。這讓我想起老家的一位故人，說她在心緒不寧的失眠夜裡總會爬起床來讀我的書。就我的書嗎？聽著多麼孤單，彷彿飄浮在浩渺宇宙中只看得見一根稻草。

這友人我知之甚深，明白她要的不真的是一本書，而是因我這個人的存在而象徵著的冀望，或者幻夢。我知道這世上再微不足道的人，也有可能在個別人的心裡舉足輕重，甚至成為一個符號、圖騰，或神龕上一個空著的位置。我和她相識三十三年了，這幾年交情未淡，仍舊相互關懷，然而話題漸稀，聚首時各自眼光斜睨，似乎橫在中間的桌子是一幅世界地圖。我們雖不說破，卻由於空間距離的拉近而更清晰地意識到人生意義上的「遠」。就像在電梯箱內獨處的兩個人，因為十分靠近而分外感覺陌生。

是我話少了，怕開口便是老生常談，或勾起那發洩了大半輩子仍瘀積著的怨嗟。朋友喜歡聽我述說遠方的事，深夜裡她夢迴醒來，坐在床上翻破我的散文集，似是相信那裡面深埋著箴言和真理，能讓她從那夢一般虛空而凌亂的現實困厄中超脫。我曉得她要找的是「一個人生活」的種種訣竅，譬如馴服孤獨，排遣寂寞，與自己的影子對弈。在這些之下，她渴望的是脫去那成繭成蛹後一直掙不破的「自己」；擺脫一直積累著的自憐、憂傷、憤懣和焦慮，變成自己想像中的人。

我知道在這一切之下，她真正需要卻不敢說出口的，是愛與被愛的能力。愛自己，被自己所愛；愛別人，為別人所愛。

此刻我想送上一首詩。我對這老朋友再沒有更具實質的話想說，然而當我的生命和生活不偏不倚地來到這一刻，當一本七百多頁厚的文集被打開，一首沉濺多年的詩浮起來。我覺得真像是故去的作者刻意為之，為我寫下了它，然後等我翻開這一頁——

你不是別人

你怯懦地祈助的

別人的著作救不了你；
你不是別人，此刻你正身處
自己的腳步編織起的迷宮中心
耶穌或者蘇格拉底
所經歷的磨難救不了你，
就連日暮時分在花園裡圓寂的
佛法無邊的悉達多也於你無益。
你手寫的文字、口出的言詞
都像塵埃一般分文不值。
命運之神沒有憐憫之心，
上帝的長夜沒有盡期。
你的肉體只是時光、不停流逝的時光。
你不過是每一個孤獨的瞬息。

瓶中書

花了個把月寫完了兩萬字的短篇小說以後，忽然再提不起勁寫字了。奇。同樣花了個把月讀完六十七萬字的《古爐》，長長吁了一口氣以後，忽然很渴望讀別的什麼書。於是這些日不寫字，在同一張椅子上變換著各種坐姿，不同時辰亮著不同的座燈，讀了《能不能請你安靜點？》和《百年孤寂》最新的中文翻譯本。

很多天了，翻來覆去地聽Leonard Cohen的雙碟精選集。室友忍不住抱怨，說這種喃喃的音樂聽了讓人想割腕。我卻只覺得這些歌特別誠實，歌者的聲音也符合我的想像，來自一個桀驁不遜玩世不恭也相當自戀的詩人。更重要的是，這些歌曲的神髓與調子，和瑞蒙・卡佛的文字多麼匹配。你看！你聽！

什麼？

生活！

兩人都是三〇年代生的北美洲人，都被同個時代背景歷練過，都洞察而誠實，在庸俗平凡的生活裡找到瞬間的詩意與光采——人生並非冒險，只是一股莫之能禦的洪流。

所以你看，所以你聽，這麼多年過去了，這些歌和這些小說卻一點也不顯得過時，畢竟多年以後，世人沒多大變化，依然如他們所言般庸碌無聊，只能隨波逐流，像枯葉般浮沉在生活中。

案上的中文書籍裡，尚未讀過的還有《法蘭西組曲》與哈金的《在他鄉寫作》。我想我有點急於把它們都讀了吧，讀過了這些書也就沒必要帶走，我會把閱讀過程中在字裡行間用螢光筆標誌了的詞句抄在筆記本裡，之後在書的扉頁上簽名，再將它們放洋，讓它們流落到這沒幾個人懂得中文的國度。

命運會撿起它們，命運總是喜歡在每樣物事上塗鴉，給它們畫上不同的條碼。

現在的我，對書，不再像以前那樣有一股對物質的執著了。以前愛書，說是喜歡閱讀，無疑也是戀物。那時每一本書都是收藏品，縱然明知道其中有些書自己此生不會有興趣去讀，卻還是珍而重之地拿透明紙包好每一本書的封套，再以某種我自己也說不清楚的系統將它們歸類。那時一味想著要把書房裡的書櫃填滿，而直至三面牆到頂的木書架被層層疊疊地堵實以後，那些書便有了一種反撲的架勢，像是房間裡站了三個背牆的巨人，像是他們哪一天撐不住了就會把書一股腦兒扔下來，埋我於亂書之中。

這不是惡夢，這是每一次我待在老家書房時，因感到窒息而產生的憂患。我總覺得那房間已經被我所未讀過的書逐漸侵占，那些書讓我感到心虛和愧疚，彷彿它們是我收藏於後宮卻從未眷顧臨幸過的三千佳麗。想是為了自我解救，我便下意識地成了「書賊」，每次回去總會從中取走幾本至十幾本書，帶到別處讀過後便不再「歸還」，而是任其流放，讓命運拿去速寫或塗鴉。

因此，我每住過一處，最後總會留下一箱子書。先是五年前在雲深不知處的木屋留下了一批，再是兩個月前把北京住處的一箱書寄到上海二六六六書室，如今這一批真正地流落他鄉，怪的是其中有些書是英翻中後再無本來面目了，卻又被我挾帶，回到英語的霸土。「把英文創作的中文翻譯版留給英國人」聽著很黑色幽默，就像當初英國友人送我虹影的英文版小說一樣，其意雖善，效果卻未免荒誕。

至於我，我自己再明白不過，我的留書而去實非什麼善舉，除了為擁書太多來不及閱讀而想自我救贖以外，多少也有一點「栽贓」般嫁禍於人的心態。一如波赫士〈沙之書〉裡的敘述者，因為承受不了一本辛苦獲來的無始無終也無序的時間之書，最終得偷偷摸摸地，像是把一顆水珠葬於汪洋，將它放逐在圖書館的浩瀚之中。在我，書房以外的大世界便是我意念中的「公共圖書館」了，而且放棄它們我一點也不覺為難，畢竟我讀過了，那些書於我便是另一種非物質層面的、柏拉圖式的；由點而線，因曾經而永久的「擁有」。也唯有那樣，讀過，才不至於怠慢了書與書寫者。

其實也忘了什麼時候開始的事，因書滿為患，房間裡所有超載的書櫃給我施加的壓迫感，才讓我從「擁有書」的執迷中逐漸醒悟過來。入得世間，出世無餘啊。為這覺悟，先是不再費周章去給新書加衣了，再來是看書時不再小心翼翼，也不怕玷污了書本，書裡會有黃橙綠藍的螢光，行與行之間會有因手上無尺而畫不好的直線，頁角或有折痕，書頁間或有餅乾屑，頁面上也可能有水印乾後不復平整的凹凸。我甚至漸漸歡喜，這樣的書看著才像有過經歷，才像曾經完成過它的使命，所以我讀過了便會簽名，算是給它一枚勛章。

領過勛章，便該讓它展開征途，到別處建功去了。

這樣真好，因捨而得，從此便有了一座看不見的書室建在腦子裡。那裡面的藏書我都讀過，記得住的那些章節字句也都無可奪褫，都屬於我。我確實意識到這書室的存在，我總在寫字時忍不住翻查裡面的書籍，調動那些深埋在記憶厚土裡等待發芽的驚嘆，便總會有些意象，有些情節，有些字句，從土中蹦出，猶如一朵花叫人不敢直視地瞬間綻放。我知道今天坐在這兒寫下這些文字的我，這個被我以個人意志所塑造的「自己」，無時無刻不是我所走過的路、體驗過的生活，以及所有經歷過我，也被我經歷過的書本的總和。它們繁雜無序，能被我整理並書寫出來的，唯一點點思及與所謂的「悟」吧。

這「悟」是禪語了，但我所領會的無關宗教，我說的是龕上無神，有所悟便是一星燈火長明。

這麼想，我就覺得行旅世途而不斷遺書，即便不算功德，也實在是一種浪漫的舉止。再說，我當然是比世間許多人更浪漫一些的——我所讀我所寫，每一本書都有被流放的可能，每一本書也就像一個飄流在海浪中的瓶子。我想像自己能有那麼多瓶子可以放逐，便不得不心虛，不敢不細心生活，專致讀書，用功寫字。我總怕投到海裡的瓶子是空的啊，我怕瓶中無光，我更怕……環境污染。

耳語

菫花露水田，翻然四十年。

——俳句，摘自芥川龍之介，〈孤獨地獄〉

現在我不覺得世界很大了。不會比許多年前我攀上樹頂，半個身子探出樹梢時所看到的世界更大一些。彼時我看見的世界在風中婆娑，雲下結伴的鳥影搖搖欲墜；尋常日子的聲息稀稀疏疏地從遠處傳來。赤道上的日頭把亮度一點點調高，我瞇縫眼睛，看著光差將世界漂白，慢慢，慢慢地，視野中的萬物失去了輪廓，繼之失去色彩，被白雪那樣的光亮逐寸覆蓋。

現在我覺得自己聽到了年少時曾經聽到過的，從別家瓦頂下洩露的作息之聲。其實只

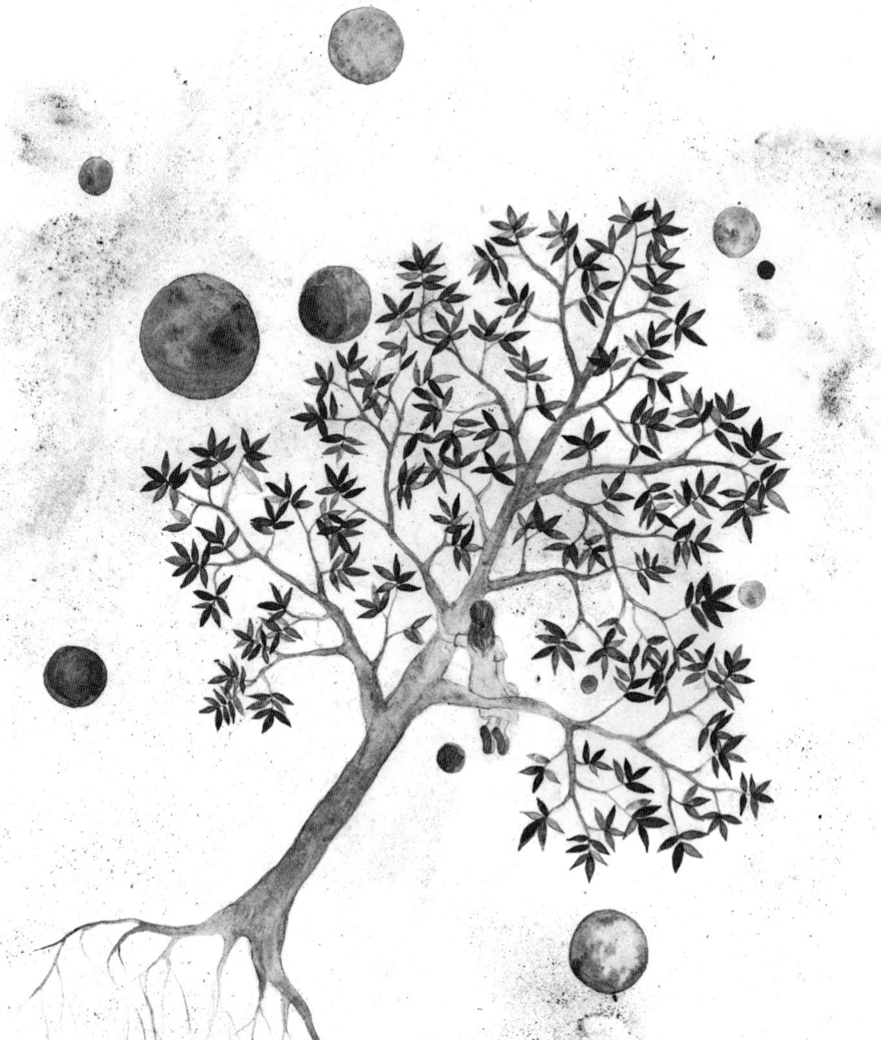

隔著一堵牆，鄰人在鋼琴上彈奏我叫不出名堂來的曲子。這鄰居我素未謀面，只知道是個日籍婦人，彈鋼琴，與唱男高音的丈夫同為音樂家——當初我搬來這裡，聽室友這麼粗略說了。

對這隔室之鄰，我一直沒去打聽。半是因為淡漠，半是因為緣慳。他們也不住在隔壁，據說夫婦倆的居所在同棟樓的另一層，鄰室只為妻子練琴之用。故而那房子平日多半無人，倘若有人，那人似是隨身攜著一口袋琴音的，開門的鑰匙上掛著一串音符，未進屋裡便已經叮叮咚咚了。

最近這兩三個月，也許是為了籌備演出，婦人來得很勤，由晨而昏，隔牆樂聲不絕，只有在午餐時候稍歇。週末時我在廳裡看書寫字，或是窩在沙發上小憩，覺得那琴聲無孔不入，如沙漏之沙，從原來屬於聽覺的質地，融入到時間那無形無體無色無相卻又無處不在的意義裡。

不知是出於禮貌或是某種下意識的敬畏，只要知道婦人在牆的另一邊，我行動時便輕手輕腳，電腦消音，更不敢開自己的音樂了。即便是傍晚練瑜伽的時分，也只是在腦中冥思空寂，不願有任何聲張。鄰舍的真人演奏讓我覺得自家的音響拙劣，音樂庸俗，拿它們去衝撞人家指間的樂聲，感覺如同褻瀆。

而就像我一直所堅信的——妳給世界歸還一秒鐘的靜寂，世界就回饋妳一秒鐘的聲籟。隔壁的鋼琴家似乎感知了牆這邊所騰出的安靜，慢慢地進入狀況，從最初一兩週純粹而反覆的練習到後來成了忘我的獨奏，相同的樂章也就有了不同的意境。因為那樣，我寫字時也不戴隨身聽了，琴音是沙漏中的砂粒，是時光的耳語，一個音樂家的呼吸。她一定不曉得，那樣的時刻，牆這邊有另一雙手也在鍵盤上敲打自己的世界。

有一個晚上，大概是飯後吧？那房子裡來了好些人，當中有奏小提琴的，與彈琴者合奏了一曲《梁祝》。兩把樂音絲絲縷縷，清晰而纏綿，如空中一對悠悠蕩蕩的蝴蝶，宛然一種耳鬢廝磨的意思。我聽出了神，手指便一直懸在鍵盤上，直至一曲既畢，忍不住與那房子裡的聽眾一起鼓掌。天知道那一刻我有多麼激動和感恩，天知道我走了多少路拐過幾個彎做過了多少人生的選擇，才得到這機緣這福祉，在這晚上當一個隔室的領受者。

那一晚以後又過了些日子，隔壁房子比以往熱鬧，門鈴聲不時響起，與鋼琴合奏的樂器也多了起來。我仍然未見鋼琴家其人，卻也不曾好奇得想要打聽她的姓名，或透過貓眼窺探一下。總是因為冷漠，也是因為淡然。這世上有些人，尤其是音樂家，想必是面見不如耳聞的吧？雖然隔著牆，但音樂早已把我溶解到她的世界裡，讓我覺得自己莫名奇妙地，已然悄悄轉化成「他們」中的一分子。現在我清楚知道自己不再是出於禮貌而退讓了，因為我已經成為他們的合奏者，靜默是我參與演奏的方式。

如此我就感覺幸福了，那是一種圓融，與素昧平生的陌生人以及陌生的世界和諧地結合。這樣的感受，讓我想起不久前在機場的候機廳內，下午了，清澈的金色陽光漫入，一寸寸地浸透了我。我赤足盤腿，在讀波赫士的講談錄，那一堂課他給學生說佛。我想像這位阿根廷作家，一個天主教徒，以喋喋不休的西班牙語傳授他的東方。而今，一個來自赤道南洋的基督教徒、另一個寫手，坐在午後微煦的亮光裡，像領聖餐似的，近乎虔誠地領受一個已故長者說的「佛」。我讀完這篇章，抬起頭，眼前不過十步之遙吧，兩名戴哈芝帽的中東老者在鋪了毯子的地上朝聖地方向跪拜，臉上染了陽光，神情肅穆地做起禱告來。

世界是這樣的。玻璃牆明淨，大理石地面光滑，陽光像巨大的毯子平整攤開。這讓我感到安詳，開始有了點睡意，像是變成了嬰兒，被置於光的襁褓之中。那一刻我覺得自己聽到了某種樂音，像是從高處的穹窿飄落，又像是由腦海深層裊裊升起。如果那不是塞壬之歌，如果不是幻覺，那一定是世界為了報償我的虔敬而對我吐露的梵音。

那時候，儘管只有眨眼般的一瞬，我真覺得波赫士尚在，我也在，在多年前那一天的課堂裡，在芸芸眾生之中。世上所有的時空間距都被抽除，佛祖在，穆罕默德在。這世上古往今來所有靈魂強大的人，在這等待出發的候機廳內，如耶穌與十二門徒濟濟在達文西的畫布中。

只有無比短暫也無比珍貴的一瞬，我覺得世界很小，我在其中。

緜緜若存，用之不勤

吳鑫霖

昨日回到市區的家，渾身疲累。腦子裡似乎被什麼緊緊絞著，頭痛欲裂。換了一身輕便的衣裳，躺在地板上，邊讀著楊絳的《洗澡》邊同朋友互傳短訊。短訊中，我們互相調侃戲謔，總之是無所事事的閒聊，盡是廢話。最後，我也不知道自己究竟是怎麼睡著的，再次醒來，楊絳的《洗澡》依然停留在二〇〇頁的某一個段落（醒來時，我找了許久才找回那個段落），朋友的短訊是傳來了，我卻無以為繼，不曉得該回些什麼？

生命中，總是悵惘的時候多，喜悅的時候少。就像前幾天，在馬路邊看見一對母子，那母親是個殘障人士，她的枴杖不知為何丟在一旁了，她就那樣蹲坐在地上，極辛苦的想要撐起身，但怎樣也無法起來。她的孩子就在前頭走著，她似乎喊了孩子一聲，小孩便匆忙的放下手上的東西，趕緊把枴杖遞給母親。眼見這一幕，不禁感動卻也心酸。城市的角落，存在著太多這樣的經歷與故事。人來人往，也不見得有誰同情了誰，或者誰為了某些小事而感動，抑或心生憐憫。

去年，黎紫書請我寫一篇小文，說是要附在她的新散文集上。幾番推搪，最後還是厚著臉皮答應了下來。我本是不懂得作文的人，但卻也在這十年裡寫了許多言不由衷，騙騙稿費的話。也因此，每當有人向我邀稿，我都是推三推四，扭扭捏捏的。有時接了，臨到截稿日，我都是惶惶惑惑不知如何下筆才好。現在好了，終於肯寫了，思緒又被龐雜的資料攪得凌亂無章，先前想好的底稿又全盤被自己否決掉了。

二〇〇八年的時候，曾給星洲副刊寫過一篇短文，談黎紫書的《因時光無序》。那是我第一回接觸她的散文，談不上喜歡，卻也讀了進去。現今找來那文章一讀，裡頭我這些寫道：「最近，到書局買了黎紫書的散文集，因時光無序。我是喜歡她的小說的，對於她的散文，我總是讀得喘不過氣來。那文字的排法，似乎是真空了的罐頭，密不透風。在時光進入午後的炎熱時，想要認真去讀，恐怕那是一種精神虐待，讓自己窒息的自殺行為。」

那時候讀，也的確是一種「讓自己窒息的自殺行為」，因為《因時光無序》開首的那幾篇就足以讓人呼吸困難了。那麼綿密的文字，其密度之高，非一般人所能消受。後來為南洋副刊撰寫一系列的作家身影，有一篇就寫了黎紫書，而這篇也是寫得頗為捕風捉影，除了從網路上搜來資料，其餘的內容不是自我揣測、道聽塗說，便是來自《因時光無序》。

對於黎紫書的散文，正像上面那段句子所言「似乎是真空了的罐頭，密不透風」。但她的散文最吸引我的地方，便是她對城市生活的理解和其內在思考的書寫。那種細膩是混合著知性與感性的。近幾年，偶爾在黎紫書的部落格、《明報月刊》等處零零散散地讀到她的散文，都覺得她每次都在用散文拋出許多人生與文學的問題，或聊聊近況，彷彿家書，亦猶若近乎智者的問答錄。

然而，我還是喜歡黎紫書的小說更多於散文。畢竟，第一次接觸的就是她的小說——《天國之門》。那時年紀小，在圖書館看見這樣的書，書名又挺「煞」的，懵懂少年就這樣誤入黎紫書的「天國之門」自此成了「黎紫書擁躉」。每當紫書有新著作面世，我便迫不及待的要一睹為快。這種心態至今亦然，只是近來書多為患，又總擔心白蟻侵蝕，每每為求將舊書讀完，便把新書囤成了舊書，黎紫書的書亦不能例外。

去年年末，聽聞《告別的年代》即將出版，心情也是雀躍的。後來黎紫書的短篇集

《野菩薩》也出來了，心中更是高興。然而最興奮的，還是她獲得花蹤馬華文學大獎。當每個人都在為獎項拚死拚活的時候，黎紫書倒是泰然自若的，彷彿入花園即將一朵美麗的花給摘了下來。

九月時，邀得黎紫書到我所服務的單位來做演講，當時見面，我只是一味的感謝和傻笑，全然忘掉要說的話，目送她離去時，心中仍掛念著，頻頻回頭探望。有朋自遠方來，那種心滿意足和樂得忘掉所有，是言語所無法盡道的。我們到底是在以文字相識，一切的情緒、感情都是由一個個方塊字所築成，我們談論文學、說人生，那是最為快樂的時光。即使到了現在，只要有時間我總會無聊地去打攪黎紫書，或對她說些有的沒的事情。

上個星期，跟朋友談起黎紫書，我們都認同，馬華文壇是誰也取代不了她的地位的。黎紫書的才氣、人生際遇等等，對於許多寫作人而言，都是稱羨的。但這樣的際遇，如此的才氣，也僅僅黎紫書有而別人沒有。

四・良人

在看到你的名字的那一瞬，
我便明白了空格的隱喻，
我聽到了人世的詞窮。
——空格的隱喻

輓

我們已失去了你的音訊。

此刻，人們在給你送行。我知道那種場面，黃白色的菊，黑白色的衣；人們的神情肅穆容顏慘澹。靈車會開得很慢，車頭上有你的頭像。我幾乎可以想像出來他們選用了哪一張照片。那是若干年前拍的吧，彼時你一臉意氣風發。

我只要閉上雙眼就能看見。送行的隊伍裡有許多我所熟悉的臉，只是因為你死了大家才發現彼此的蒼老。彷彿因為你這個同代人突然離隊，你突然停下來說，我走了。我們回過頭去看你，看你在人間的日光中淡出，便如此破除了光陰施的障眼法。

因為已兩三年未見，我回過頭看到的依然是照片上的你。整日嘻皮笑臉，架在鼻梁上的眼鏡有點書卷味，卻掩飾不住一臉小聰明。這和人們說的並不相符，更和他們所描述的彌留時的你，完全兩樣。而今我卻不忍去想起人們的描述，他們用的語言笨拙而殘酷，像一把鈍鏽的鋸子在割裂我的神經。為此我不免為自己的不在場感到慶幸，為你在我的記憶中「咔嚓」一聲定格了的印象感到安慰。

現在是人們在為你的一生蓋棺論定的時候。我可以想見人們低下頭來暗沉著臉，用凝重的神色與竊竊的語調在談論你的人生；那些糾纏不清的往年，往事，往者。這有一種戲終人散茶餘飯後的況味。有人說聽到你在病榻上的呢喃，有人說你在病中一直聽到耳畔人語不休。我知道「有人說」是一切流言蜚語的開場白，它讓接下來所有被口述的事情都言之鑿鑿卻曖昧不清。再給點時間吧，時間會像風一樣把下不成雨的積雲吹散，把你的故事吹散；人們終會興致索然，也終會淡忘。

我試過把事情想得淡然一些，譬如去想像死亡其實是一次夢醒，或者你醒來才發現自己身在另一場比人生更龐大的夢中。這有點像《楚門的世界》，只是我們都始料不及，正值壯年，你在人世的戲分突然被腰斬。而誰又可以過問呢？命運隨時都可以選擇不落俗套，並且從來不對她寫的劇本交代什麼。

在寫這些的時候，我想你已經在很遠的路上了；也許才剛睜開眼，迎接一場新的大夢。人們已經失去你的音訊，大家在莊重的送行儀式中回想過去的點點滴滴，並驟然發現以前竟被時光搗住了雙眼。至於我，似乎仍處於惡夢中要醒不醒的狀態，像是被一隻蝙蝠當頭罩下，始終不願鬆開牠的指爪。

唉。終究是一場相識。你走了，我因為在遠地而不能送行。但我總以為自己已經向你道別過了。就在那一天，他們發短信來，說你快不行了。晚上我便夢見自己站在他們所描述的病榻旁，看見他們所描述的你。房裡十分昏暗，塵埃靜止在空氣中。你是昏睡著的，一直沒有睜開眼睛。我站了很久，躊躇著要不要說些什麼。及至後來似乎意識到快要夢醒，我便像鬼魂意識到快要聽見雞啼，幽幽地嘆了口氣；喊你的名字，跟你說：

再見了。

空格的隱喻

因為你在天國了，我想寫些什麼。

這小鎮有一棟古老的天主教堂，上帝把它放到我的窗前，正對著我的書桌。朋友說，那是他初生時洗禮的地方。我觀察過了，這教堂是鎮上最高的建築物。有時候我在外面散步，走了很久，自以為已經走了很遠，回過身卻依然可以看見一蓬蓬的樹穹上冒出了教堂的尖頂。

尖頂上站著一隻被時間點了穴的公雞。

這樣的教堂讓我想起童年時的月亮，月亮上有被永恆上了發條的玉兔。所有人小時候或許都曾經一邊奔跑一邊抬頭看，那月亮像一隻不願被遺棄的小狗，對每一個回頭的孩子亦步亦趨。

朋友，因你如此良善，我只願意想像，許多年後你終於被月亮趕上。她把你擄去，用光潔淨你的身體，給你沉香，沒藥，月桂，薰衣草，讓你在轉身往天國奔去的路上，恢復小孩的面貌。

週六那天，教堂那裡剛舉行過一場婚禮。人們興高采烈，新娘與女眷們如希臘神話中的仙子一樣美麗。她們捧著手花，歡笑著結伴走過小徑，穿越教堂前的墓園。那墓園我是拜訪過的，裡面的墳墓十分古老，許多墳上的碑文都已斑駁難認。我站在墓前，很不敬地懷疑墓下的棺木與骸骨都已化作春泥。倘若墓中有魂，想必他們都已經老得忘記了自己的姓名。

而新娘子與那些美麗的姑娘們，就那樣捧著她們的花季，懷揣著生命的讚歌以及對美好明天的嚮往，歡快地穿過墓地。你可以想像那些躺在地下的逝者，那些已經把身體回饋了土地的人們，很可能曾經在教堂裡受洗，並也曾快樂地挽著愛人的手臂，在某個濕冷的夏日到這教堂裡舉行婚禮。而今他們守著無名字的墓碑，沉靜地看著人世運轉如時鐘，周而復始，一圈又一圈。

就在昨天吧，真的，就在昨天。那教堂在上午時舉行了一場喪禮。人們依然聚集在教堂大門外。乳白色珍珠光澤的勞斯萊斯換成了黑色賓士，男人與仕女們隆而重之地悉心配搭他們灰黑色系的衣著，並且因為下雨而一致撐了深色無紋的雨傘。我坐在那裡，因為週六的印象與昨日的視覺重疊，便生幻象，以為婚禮與喪禮是同一批人演出的兩場戲。

而我怎麼也想像不到，你就在那時刻悄悄褪去肉身，回頭往天國的方向飛奔。

夜晚我收到友人從家鄉發來的短信。除了你的名字以外，短信上的其他文字全都無法顯示，我只看見幾個空格，像一道填充題，每一個空格都容許無數的想像與可能。然而在看到你的名字的那一瞬，我便明白了空格的隱喻，我聽到了人世的詞窮。我知道那麼堅韌倔強的你，終於放棄了與病，與自然，與命運，與神的爭持。

我沒來得及釐清自己該為你感到悲傷抑或慶幸，黎明時便趕到機場乘搭去北愛爾蘭的飛機。飛行讓我以為自己離開你已死去的事實更遠一些，而我到的小鎮以一場夏季嘉年華為我接風。這裡天高雲低，隔岸的草原青綠如同上帝的地氈。風是滔滔不絕的風，雨是間歇性的雨。晚上我站在海堤上看煙花，同時感受鎮上的人如何積極地爭取這一場雨和下一場雨的間隙。我忽然感到傷懷了。生命原就如此，困厄與劫難，神的試煉與魔鬼的試探，總是如潮汐般一波未平一波又起。我們努力爭取，圖的只是一場煙花。

但我心裡清楚，你畢竟與眾不同，因你是少數能給這世界點燃煙花的人。而我們不過是觀賞者，始終只能站在海堤上翹首等待。

待煙花窮盡以後，海上的明月便如抽過鴉片似的精神飽滿。我在往回走的路上，赫然發現靠海的一棟房子，門楣上有你的名字。Marina House。這讓我怔忡許久，懷疑著它會不會是神的暗示。有那麼一瞬，教堂的意象淺淺浮現，我忍不住想像自己遇見了你的墳。

你已抵步，而我沒走多遠，始終還在穿越墓園。

方寸

遠行後回到小鎮，推開門，看見我寄給自己的明信片。

兩張於半個月前在里約寄發，由南而北，橫過大西洋。另有一張前一日傍晚才剛投進Londonderry的郵筒。那畢竟也隔山隔海，而它竟比我更早抵步，這讓Londonderry郵局門前的紅色大郵筒變得神祕起來。它真像小叮噹，那狹長的投信口似乎銜接著它的隨意門，信投進去，就掉落到我小鎮住處的地氈上。

除了明信片，我還收到了老師從家鄉寄來的信。白色長形信封與老師那工整的黑色圓珠筆字跡都很好辨認。這些字，中學時看老師用粉筆抄寫在黑板上，覺得筆畫很瘦，但都亭亭，有君子風骨。我尤其神往的是字與字行與行之間十分均衡的間距，老師運筆有度，把它們穩穩當當地排列齊整，彷彿黑板上畫好了只有他一個人才看得見的方寸。

我的字，總是在那時候受了些影響。多少年了，至今謄文寫字仍然堅持把每個字都寫得方方正正，務必要一清二楚。只是我寫到現在，仍然無法看見那「看不見的方寸」。紙上要是無格無線，我的字免不了會被地心吸力引入歧途。而只要有一個字失去重心，接下去的方塊字便如骨牌似的一個扣住一個往下倒，頹勢難挽。

因此我喜歡在淺淺印著橫線的A4紙上給老師寫信。儘管我的字體那麼壯實，它們也很不安分，會把手腳或頭顱伸到線條外，大模大樣地跨過屬於它們的界限。但那些線條畢竟是我心裡的地平線，有了它們我便心裡有底，知道該在什麼時候把快要被拐走的字喚回到隊形裡。也因為有了這些線條，我才比較有把握讓老師知道，像我那樣不羈，甚至有點離經叛道的人，也一直在努力建立自己的方寸。

與老師通信多年，他寫來的信，十之八九都是問候，叮嚀與規勸。偶爾老人家也會說些家裡事，或不經意地抖出一些對歲月和人生的嘆喟。即便是在說這些的時候，老師依然讓他的字各就其位，每個字都像在皇宮門前站崗的侍衛一樣，腰背挺直，目不斜視。說起來，從黑板到信紙，老師的字一直都一絲不苟，近乎拘謹，而且下筆很輕，看起來那麼小心翼翼，像是怕用力了就會捅破那在他心裡打好的方格。

我知道那方格規畫的是我們在人際間的位置。那些字與字之間的分寸，在於一種謙遜知禮的自覺，以及因不願逾越而保持的警戒。但老師從來不是一個刻板和墨守成規的人。中學時他讓我寫自己想寫的作文，每週都認真地審批我那些不合規格的文章，除了有一次忍不住出言提醒以外（考試的時候可不能寫這麼長啊），始終沒說過半句斥責的話。因為他的寬容與放任，我在年少時便享受到了書寫的快樂。那時老師總給我的作文打最高分，卻幾乎沒對我說過半句稱許嘉獎的話。現在我想起來，便覺得那師生之間的淡漠未嘗不是一種人際之間的分寸拿捏。只是彼時我太過年輕，不知，不了解，不懂。

想到要給老師寫信，已經是畢業多年以後的事。那時老師已經退休賦閒，在家裡含飴弄孫。我記不起那信的具體內容，但深信自己當時必然寫得十分用力，恐怕還曾經為了一兩個錯別字而重新謄了幾遍。或許我把那信寫在當年我最喜歡用的稿紙上吧，那稿紙的品質很好，每張有四百五十個明明白白而又比普通稿紙稍大的方格，能讓我寫的每個字都端正地安置其中。重要的是它讓我更有把握讓老師相信，當年那靦腆寡言，連一句「謝謝」也憋在心裡很久的女孩，已經是社會上一個小有成就的寫手。

其時我那麼緊張，肯定寫得非常使勁。也許我就像臨摹帖子一樣正襟危坐，用我受老師影響的字體，以及某種我以為和老師同樣嚴謹的態度，戰戰兢兢地給過去不曾交談，爾後多年不曾碰面的老師，寫信。

沒過多久，我收到了有著老師筆跡的白色長形信封。老師用黑色圓珠筆寫上我的全名，並稱呼我「女士」。

直至今日，我把老師的信箋從那幾張明信片中抽出來，發現抬頭仍然寫著「女士」。記得第一次收到老師來信的那天，我為這生分的稱呼站在家門前的菠羅蜜樹下怔忡了好久。那是我第一次意識到人際間位置的轉變。老師用一個稱呼調整了我們的位置，提醒著我們都已離開學校的事實，又維持了某種點到即止的距離，既安分守己又不可親近。

這稱呼，讓我看到了老師的清醒，執著，以及看似無為但十分強大的意志。

現在，因為要給老師回信了，這是生活中唯一還能，也必須「執筆」書寫的時候。我拉起窗簾，亮了盞檯燈，熄掉音樂，比平日寫作時要更莊重一些。我依然在用黑色墨筆，筆芯零•七毫米，字體五大三粗，寫在印著許多灰色橫線的A4紙上。這和以前在學校考試作答用的紙張十分相似，不同的是我再也拿不到考題，也沒有了字數的限制。這真讓人感到悽惶，如同在白紙上書寫一篇〈無題〉，怎麼寫都覺得不著邊際。

但這是我長久以來，第一次平靜地進入到「女士」的位置，以一個成年人的身分和心態，與老師在紙上對話。這是第一次，我以為我們之間畫著的是雙虛線；我們不僅是師生，而應該是朋友。

或許我又在逾越了，天曉得呢？也許正因為如此，我才會喜歡把字填寫在線上與線之間。於是人們就無法定論，我是在試圖約束自己，抑或根本就在享受逾越的樂趣。

印象派女人

你說，你收到我寄的明信片了。

是個週末下午，雨後天陰無明。寒意瑟瑟，得寸進尺。窗外秋色叢叢；黃與紅，淺淺深深。低飛的群鳥啾啾，一撥一撥，半航西北半南東。涼風淅淅哉，落木蕭蕭。

記得我在羅浮宮那裡寄出了三張明信片。給自己的是法國最後的古典主義畫家，奧古斯特・多明尼克・安格爾（Jean-Auguste Dominique Ingres）一八一四年的作品《大宮女》（*La Grande Odalisque*）。縱然英國這裡的郵政局職員在鬧罷工，讓大宮女的行程一波三折。可她畢竟來了，且白璧無瑕，仍然豐乳肥臀，肌膚勝瓷，如剛剛才溫泉水滑洗過的凝脂。

如今這宮女側臥在我的書桌上，用兩百年前的眼睛冷冷地回眸一顧。

古典主義，美人如玉。我知道你不欣賞這工筆般的乾淨和細膩。安格爾畫的裸女像也都如此，土耳其浴室，瓦平松的浴女，所有人體都像會發光似的，背景和環境的細節處理讓人嘆為觀止。可這些畫最終都難免流於靜態，彷彿被凝固在畫布上的某個萬分之一秒；一種連空氣都來不及流動，超越肉眼可以撲捉的瞬間。而因為超越肉眼，這些靜止的畫像便也超越「自然」，總顯得有點說不出來的詭異和彆扭。

所以我給你寄了一張印象派。

那個站在斜坡上，陽傘下，暗影中；風高雲低，衣袂飄飄而面目模糊的女人。

莫內迷戀光影，熱愛自然，喜歡用看似粗陋的印象派筆觸去表現光與環境結合的瞬息萬變。我以為動感是印象主義的一大特點，它有科學性的視覺引導作用，總讓人覺得那光還在變幻之中。畫家都作古了，良人不在，色彩卻還在呼吸，風還在拂，草葉還在動。

那女人依然站在時空的高處。你和你的子孫將永遠看不清楚她的表情與面容，卻都可以感知她的凝眸。

我似乎曾經說過，莫內的畫風明朗歡快，不如梵谷那強烈的悲情色彩讓我情鍾。但這一幅無面目的女人是個例外。我喜歡風中翻飛的她那帽子的絲帶，也喜歡那幾乎聽得見撲撲聲響的飛揚中的裙襬，它們叫我想起湍急的時光之河，滾滾東逝水。當然我更喜歡的是畫中女人那或許不重要，卻也不允許後世記認的面容。

我總想人存於世大概就是這樣了。一輩子活過去以後，留在世上的無非就是畫中人物這種狀態。即便最終能薄積名望吧，或有作品傳世，但世人對於作者其人，能記取的僅僅是大環境中一蓬朦朧的形象。人們不過是硬擠出一點想像力，像參與作品完成似的，硬要把你人生軌跡中的虛線，或甚至只是零星散布的幾個點，用笨拙的線條連起來。

但我以為大多數人生命中的大部分時間，其實都活在無所謂的混沌之中。而像我這樣的人，對於生命裡遇到過的所有人而言，顯然只是一個真實的符號和抽象的存在。你知道的，儘管那麼多人看過我不同時期的自畫像，但無人可在那些看似複雜的剪貼，以及各個面向的拼湊中，看懂其中的留白。

我知道唯有你知道，這世上所有認識我的人都不認識我。

但你也明白這樣我就放心了。世界很小，人很多，到處都有三三兩兩的竊竊私語者，幾乎沒有太多空間讓活著成為一件很私隱的事。所以我總是喜歡出走，從人生的一個階段潛逃到另一個，或者換一個角色，並不斷銷毀痕跡，跟昨日的自己以及往日的人們玩躲貓貓的遊戲。

這樣我們就漸行漸遠了。陽關道，獨木橋。地理位置終於把我們之間的時間裂縫拉成了鴻溝，以致我們再也難以適時進入對方的夢中。但我們早已明白冬季終要來臨，而這漫長人生就像多年生植物一樣，必須捨棄所有金箔般的葉子去準備過冬。

就這樣了。無論去到哪裡，我將不會忘記拋下線索，讓你知道我始終善待自己。而我知道，即便從來沒有人看真切過那站在仰角中和光陰裡的女人；縱然歲月洶湧，然而在她的身影被徹底風蝕以前，你，是她在這世上唯一的證人。

當我們同在一起

Facebook上重遇舊友。兩男一女，三個臭皮匠。

雖說都是前同事，但若非文學穿針引線，想當年報社眾生芸芸，恐怕三人也不會萍水相逢。而今重會，想起「我們那一代人」，彷彿世界自我們以後就轉了個身。這樣想很有黏著力，也有排他性，分外親近。

但我說不出來，「我們那一代」究竟是怎樣的一代。現在想想，忽然明白那是「我們仨」這小圈子的概念所製造的幻象。或者說，它很可能僅僅是我一個人的錯覺。

說是小圈子，其實不全對。畢竟當時三人也不常聚首，不過是偶爾碰頭，因報社中搞文學創作者稀，我們幾個年齡相仿的少數民族便自然而然地，坐下來三杯兩盞（咖啡，糖水或奶茶），閒扯報界風月，笑談文壇八卦。往往茶盡人去，雁過無聲，所有話題都無人跟進，像許多無法形成漣漪的小點滴。

彼時年輕，各懷志向。待時機到，東風臨；待翅膀變硬，待風餵飽了船帆，我們便無可避免地「離散」了。如今一人留守老地方，兩人江湖闖蕩，且行且遠且徬徨。人生這張大網撒出去便千絲萬縷，覆水也似的，再難收放自如。這些年三人在生活的煉爐中各自煉丹，聯繫甚少，只知道大家尚在人間，依然與文字相好，且各人俱四肢健全，我們便似乎有理由讓彼此的冷淡成其篇章。

這期間，上帝的地球儀仍滴滴答答地轉，命運的揭盅時有驚舉，而世情不外乎日升日落，天災人禍；月缺月圓，悲歡離合。三人的所在之地都紛紛攘攘，社會動盪，經濟衰退；人不得閒，心不靜，則難以修靈山。於我，書寫與閱讀已是不作他想的修行之道，是我背向世界，虛擬一小片淨土的唯一法門。

很多年了，我就修得那樣小小的一片淨土。它不在任何經緯度，而且小得只夠我獨腳站立，以致我只能努力保持平衡，好獨善其身。但我確定自己已經許久沒想起文學了。那是一個玄幻的詞，一顆魔豆。親愛的朋友，不要疑惑，我們一定以什麼為代價，向上帝換取了它。

但魔豆也不過僅僅是魔豆而已。如果我們細心觀察，定會發現它沒有我們曾共同想像的那樣稀罕。我以為這世上有許多人的衣袋裡都有那麼一顆豆子，卻並非每個人都需要把它埋在地下。我們這些自以為已經種下豆子的人，才會像個拒絕相信自己已經上當的孩子，終日貓在那裡等待豆子發芽，等瓜等果，等一樹擎天，然後收成一個傳說。

這個想法讓我覺得「文學」這個詞充滿虛榮，像個膨脹了，色彩醒目的熱汽球。看見它，我總忍不住回過頭去，對年輕時虛妄浮躁卻煞有介事的自己，小小地奚落一番。

而不管怎樣，那天在facebook牆上看到留言，「希望有一天我們三人能像聶華苓，周夢蝶和瘂弦，一起文學到老」，我忍不住想像我們在彼此的遠方一起微笑。這留言讓我隱約明白了「我們那一代」是怎麼回事。我們三個，至少相對於我們以後的人，是那樣地內斂，保守，古板，卻又那樣地情義深重，有著食古不化的浪漫。

說到經營文學，或說追逐文學理想，我想自己大概是三人之中最易淪陷的一個。但「一起到老」於我是多麼美好的許諾，叫我十分嚮往。人生中沒有多少朋友值得我們如此深信，又能如此坦然。即便天各一方，只要還讀著書寫著字，我們便相信三人始終還站在「我們那一代」的舞台上。肩並肩的，並且當所有照射在身上的燈光都熄滅以後，我們於黑暗之中相互擁抱，彼此祝福，也牽著手等待那一天，燈光再亮起來。
別忘了，我們還沒謝幕呢。

掌故

——致艾德里安

白日負五度，西北有風來。

日光洋洋灑灑，人們影影綽綽。戴上帽子與圍脖，這樣的大街與光影，天空薄如棉紗，似乎只要用力注視便能看見疊在雲層背後的舊底片。我把手指一根一根伸進手套裡，一根接一根，彷彿被另一隻體貼的手溫柔地拿捏。無來由地想起遙遠的艾德里安。長相思，久離別。冷風把我的頭髮當琴弦，耳道成薩克斯風；眼眸凝波，吹不皺。真有那麼一剎那，我不確定自己想起的僅僅是男子艾德里安，抑或他背後那廣闊的遠方。

遠方到底是個什麼地方？落葉以何姿態漂流在水上？

腳下的牛皮靴子老了，手上的羊毛手套舊了。川迢迢山宛宛。兩鬢晃蕩的長髮讓我想起風中垂柳。朝如青絲暮成雪。天，抬頭看看這一潭倒掛的冰湖，它算不算一泓明鏡？

艾德里安，你在雨水充沛的遠方都城。或許仍然開著你的越野車，山一程水一程，在顛簸的鄉路上追尋多年前遺落在田野裡的青春背影。你將永遠記得那一夜星墜如雨，你與其他年輕男女微笑著偷偷翻過木柵欄，無人知曉自己是上帝在失眠夜裡數算的綿羊。

而我站在街頭，這裡風一更雪一更，我的手指一根接一根鑽進它們厚厚的舊繭中。從拇指到小指，彷彿與另一只溫暖的手吻合。

也許不是那樣的，也許此刻你正坐在休息室內，手捧熱咖啡，以掌心取暖。窗玻璃上劃著雨痕，葉稍垂珠，露點青苔。你霍然記起以前有一個戀慕你的女子每天撥通你的手機，卻什麼也不說，只讓你在電話裡聽她為你播的同一支曲子。現在你回憶起來才體會到那音樂中緩緩浮沉的憂傷，像早上有花瓣凋落過的桌面，夜裡才透出鮮花的馨香。

美人之遠如雨絕。望雲雲去遠，望鳥鳥飛滅。珠淚不能雪。

這是不對的，我想像你在想像那是一個已在某日悄然氣絕的女病人。已經好幾年你沒再接收到那一組號碼打來的電話了，而此瞬那一曲幾乎被遺忘的音樂裊裊升起，有如看不見的蝙蝠於斗室中縈迴。你像此時的我那樣感受到一種以前從未意識過的空缺。狐山遠，雁書絕；所思何處？君在陰兮影不見。

我站在商場出口的階梯上，感受每一根手指被另一根想像中的手指輕輕摩挲；我站在這裡，如是想像你的處境以化解我在異鄉的寂寞。這真是不太道德的一刻，當我想像光陰與愛情與失落，如末世的巨洪與審判，冬雷震震夏雨雪，將天涯彼岸的我倆同時淹沒。

我垂下頭，抿嘴竊笑。我這個無惡不作的孩子。

是這麼回事，思念忽如感冒來襲，像心底的一撮死灰霍地又冒起火星。相思了無益，單思更枉然。艾德里安，我在東半球赤道以北，彷彿在長長一列車軌的這頭，你在另一端。曾讓我們相遇並短暫共處的時光號列車已轟隆隆地開過。在那車廂裡誰不是過客呢？行人難久留，各言長相思。除了命運，真的，「命運」一詞是這人世最古老的咒語了。除了命運，此後將不會再有任何列車讓我們重遇。

我知道我所能擁有的就是這些。腦中那些電光火石的瞬間，它們像許多舊底片，以後還會被生活裡的某些情境與氛圍沖洗出零落的局部與不連貫的畫面。你的手，你沉睡中有夢洋溢的臉，你所口述而我不曾參與的生命章節；那個在家自修，注視著母親滑行在書頁上的手指而完成了小學學業的孱弱男孩；年輕男女在流星雨下的擁吻。那些時光為我精心篩選的印象，它們光線充足，有清晰的線條與飽滿的肌理。我的艾德里安，在一趟春夢般跌宕而漫長的火車遠行後，我所擁有的就是一張被舊手套藏在掌中的票根。

恍若夢中完完整整地看了一場從未真實存在過的好電影。

我不能說惆悵，親愛的艾德里安。我們總會在衣服口袋，行囊夾層或讀過的書本裡，不時找到這些可以換取記憶的票根。像此刻的我把手交給一雙舊手套，讓羊毛的質感觸動我，牽引我去傾聽從時光遠處傳來的回音，也看見那些沖洗後一直晾掛在心底暗室中的舊照片。你還坐在那些圖景裡，雙手捧著騰煙的咖啡杯；只是色彩業已減退，像愛一樣，像記憶本身，像咖啡的香味，它們總是經不起耽擱而漸漸淡去，只有別後的祝福一日比一日濃郁和純粹。我多想你終於找到那個為你在電話中播音樂的人，多想你找回了青春的影子，將她顫抖的手置於你的掌心。

走吧。意難忘，日色欲盡。前面總有另一班列車與另一場夢中等待上演的另一部好戲。如果你還持有屬於我們那一段旅程的票根，或許你會看見我寫在上面的格言——別在天黑以後才陷入思念。

拾朝花

春天已盛，良人安在？我呢依然北棲，在人間煙火處，衣食無憂，且有閒愁，故無怨嗟可與人訴去。只是這些天連續趕了兩本書稿的校訂，二十六萬字細說重頭，一字一累，催人老花。

校書稿是細心人的活兒，我卻一向面靜心野，雖狀似支頤入定，實則心思撒開，如潑水，如放飛。況且校對的是自己老早寫了後讀過許多遍的文字，所謂「字經三寫，烏焉成馬」，而我還難免有作者的盲點，便索性縱容自己稍稍因循，早早完工。

稿子已發送出去了，此時我有閒暇，而街上風光明媚，心情美好而無聊賴，遂想起南方以南的人兒。思念如煙纏指，愈揮之愈縈繞，不如說點悄悄話吧。

這時節，草莓不錯，油桃好。陽光也明淨，晴空高遠，覓雲無處。昨日個出門一趟，城東而城西。小區外面有一條短短的林蔭道，去途頭上花開滿徑，歸路一地落瓣飄零。清明以後春至此，花開花謝常是一宵之事。

我對這些異鄉花草懂得太少，熹微中但見樹樹錦繡，又覺芳香薰人，當下心中歡喜，步履便輕快起來。哪曉得暮歸時花已窮途，春老了，就這樣嗎？心裡自然微微失落，有點責備自己因無知而致錯失，怎麼晨間只顧趕路，不為花留影？即便不拍照，起碼也該在花蔭下停一停腳步，稍沐於緋緋中，讓春日最美麗的一刻來得及對我多說些什麼。

我曉得傷花乃黛玉情，小女兒家心事，說出來是要被人取笑的。可傷春悲秋也實在是千古文人的特質。不是說「西郊落花天下奇，古來但賦傷春詩」麼？古今多少奇文妙筆，詞異情同，終究因感懷時日盛衰而生。那麼吾女子亦弄墨，便讓我在踏花路上多留一陣吧。彼時日已西頹，人影纖纖，樹影叢叢，徒留我怔忡。我不由得想起那小小蟬兒來，數年伏於土，化羽成蟲後高枝棲兩週，嚷嚷留過了種，也就窮其一生。

此般傷懷，調子甚老，恐怕是年紀長了涉世漸深，況復去國有時，登山臨水兮，不免滿目山河空念遠。這是「老」的序曲吧？已自覺走不出光陰籠罩，遂也感悟此生種種，物，事，人；它們如大珠小珠，總得由時光這主題來引線穿針。那些在時光中錯失了的，似花墜水，因人心流變，縱回頭情已所非，待老來朝花夕拾，教人不自勝的總非花期有時這回事，而只是哀嘆錯失本身。

這些文字，我揀了兩段讓家鄉的年輕朋友先睹。她說讀著很不「馬華」。我知道的，因著這調聲弄韻的古腔古調吧？要是我一直在老家，興許也會覺得這般嚙文嚼字十分作態，但我畢竟人在這裡了，便開放感官領受節氣更疊的幽微喻示，再用適切的語言文字予以表述。這些聲調於我也非新識，多是青春少年時被唐詩宋詞與金庸梁羽生的武俠小說所薰陶。只是以前無情景對應，用時忒感別扭，而今卻覺得像春花之朝榮暮落，自然而然。

我對朋友說，既然遊蹤在外，放情領略便是，何必執於在異鄉風土中畫出馬華風景？吾生有涯，從高處看，不外蟬生。我總想珍重生命裡的每一個「當下」，就此時此刻，感此情此景。它們不必應許什麼，而因為世態無常，情難執守，它們也實在應許不了什麼。我總是知道的，每一個我們擁有的「此刻」，我們其實也正擁有著它的消逝。那是時間的本質，它在每事每情的反面，卻又與事情一體。我是知道的，就像我知道每次按下快門攝下的風景，以及此刻我在使用的言語腔調，它們都正在消失。

說這些話時，不期然想起那一年在彼城的元宵情境。那一夜我們走在天上開滿煙花的城中。煙花也如蟬，居高聲遠；煙花也如曇，即綻即凋。那也許是我生命中最繁華的一個夜空了，不管穿入哪一條巷子，舉頭可見天幕中無休止的盛放與殞落。我們停下腳步，看時光如一枚急速旋轉的硬幣，即時擁有即時失去。這會不會也是我們此生在天眼底下的形態呢？

我沒有告訴你，當流雲散，煙花墜如雨，那繁華之極也虛妄之至的時刻，我不敢轉過頭去，怕發現身邊無人，自己已被時間遺棄。

那一夜漫長，其時多麼感動；邊行邊傷懷，哭怕人猜，笑無滋味，而天亮了也就煙花散盡。這記憶要到生命中下一個渡頭了，啟航後山色水景迎面，回首綠波滔滔，才知覺緣法不過彈指，而我們畢竟未曾錯失。終究止了步抬了頭的，從銀花火樹看到了風急天高，落英紛紛，什麼也沒有遺漏。

我們何曾希望煙花在天上凝固？若真那樣，煙花之美與時光那略帶悲情的壯烈，甚至我們這故事中的繾綣，以後碧海青天的懷緬，便蕩然無存了。

所以，良人啊良人，落葉哀蟬，睹物思人。雖此花非彼花，此城非彼城，卻仍是眨眼即逝的美景良辰。外面風拂拂，絮狀的花粉漫天亂舞了，終是飄不過海，去不到你那裡的。蓬山遠矣，好在我有字可寄，你會讀到這些文字，我此時此刻的心事。以後或許有一天我仍得校對它們，一字一字地重讀自己寫的情書。我知道我會有盲點，會對自己的文字生膩，很可能也會為這些腔調感到彆扭，不復此時的感覺美好。但你總是坐在電腦前讀過它們了，而且讀時不禁微笑。那一刻，你笑的那一刻，之於我，將無可取代。

人間行者的詩意棲居

邱苑妮

我想，一切應從她的「出走」說起。

三十五歲那年，在每一個同齡女子都已經預見餘生將怎麼過的時候，黎紫書卻毅然將她的人生攔腰斬斷，從此把餘生當新生，過其不可預知的日子，主動去遇上不可預知的人。對於這樣的出走，其結局對黎紫書而言當然是不可預知的，已然預知的部分是死與消失；其餘的卻在在的讓作家充滿期待和憧憬。

於是沿著上帝所拋擲給她的回力標航道，五年來黎紫書穿梭往返於北京和英倫兩地之間。黎紫書在這段漫長的羈旅歲月裡，作家前所未有的大量從事其散文創作。除了在二〇〇八年五月出版了她的第一本散文集《因時光無序》外，在旅居英倫小鎮期間也筆耕不輟，在部落格發表大量的散文創作。這些篇什是那麼的迴異於小說書寫。黎紫書曾闡釋說小說是作者眼中看到的世界，是複雜、灰暗和悲傷的世界；散文則是作者內心的世界，溫暖又純潔。由是作家在遠方營構的一方散文世界，是那麼的樸質而又光華內蘊，在在的讓其廣大的讀者群窺見了尋常日子裡的黎紫書如何在生活的切片和細節裡，構建其創作能量飽滿的自我。

與許我自身體內那豐沛的移動基因和對遠方沒來由的，無可名狀的嚮往，對歲月靜好的深切渴望，讓我在細細品味其散文的當兒產生了一種雙軌式的對鏡、對話結構，感覺就好像和作家心貼心的對話，不只分享著「生活」和「生命」，甚而是對過往的自己在遠方留學的生命情狀的召喚。即便未曾謀面也是如斯的靠近和真實。尤其喜歡在深夜，卸下白日的俗務和一身的塵囂後，緩緩走入黎紫書一個人在遠方的生活。從其文字裡窺探一個女性創作者如何在羈旅的異鄉城市的皺褶裡細細勾勒異質風景、細緻的感受季節的更迭、馴服孤獨、豢養文思、排遣寂寞、與自己的影子對弈、回歸生命深處的思考，在庸俗的生活裡覓著瞬間的詩意與光采，看黎紫書如何以一個人的舞步在小浮生裡滑出流線優美的圓弧舞步。在平靜的生活中，過濾混沌，還原生命的原色。或許可以說，黎紫書更彷如一個站在人世之外的觀察者和洞察者，以其文字向廣大的讀者群喃喃獨白著生命的本相。

誠如黎紫書自己即將揮別英倫之際對羈旅生活的總結所言，多年的羈旅生活就像潛入了深海中的珊瑚礁區，絢麗，繽紛，無聲。遠方的生活貌似平凡純粹，其內核實則是豐富深邃，流光溢彩，提供了一方心靈沃土，讓黎紫書細細品味歲月的動靜和觀察自己心靈深處的幽微細緻的變化。無疑，行旅他鄉對黎紫書而言是一種生命的儀式，用行走，遠離此在的種種桎梏，實踐主體生命的自由以圓滿生命的完整性。由是創作和生命交融為一，進而鍛造其創作的完整性。就如作家自己所言的只有先努力成為自己了，才會寫出自己的文字來。

幾年來旅居異國他鄉，對作家而言不只是身體的移動，更是心靈的自我開敞。在擁有個人私密的自我心靈空間後，形諸於文字的更多是其旅居生活或遊走異域的感思和個人心靈的對話。作家藉由不斷的回望自我、探問自我當中調整自我的界域，從而回歸「自我」、建構「自我」，在行旅當中尋獲自我的完整性。概括而言，行旅的過程也就是黎紫書建構自我的過程。

黎紫書在回顧這幾年的跨國移動時曾說道：「我在這幾年間清楚感覺到靈魂的壯大，……我以為那是一個『我』的完成，也是我這幾年在做的事。」「我正成為自己靈魂所喜愛的人。」

如今回歸這片南洋土地的黎紫書，無非是上帝把祂的回力標往後回拋，在回航的終點上，我彷彿聽見黎紫書篤定的說：「我已成為我自己。」

附錄

亂碼

想起你總在瞬間。當我置身在小小庭園的花圃中，提著澆花壺有點怔忡起來。吊籃上垂下來的紅色金魚花盛開，蓬萊蕉在墨綠的陰涼角落裡靜思；彩葉草和富貴菊在微暖的和風中閒閒勾搭著，鳳仙花叢忽然像起了一陣流言似的聳動。一旁的老萬年青始終在凝視著什麼。色彩圍我在中間聽她們唱歌；彩陶小鹿和頸項繫了水草的鴨家族躲在粗肋草茂密的圖紋中淺笑。我穿著工作服拎著小小的澆花壺，壺的蓮蓬嘴還有水珠墜下。忽然覺得生活很庸俗但我快樂呢，而你還在飄泊。

偶爾是傍晚時牽著兩隻金毛犬去蹓躂，牠們搖著雞毛掃似的漂亮尾巴輕快地走在前頭，常常會停下來嗅一嗅人家的汽車輪胎。我不曉得牠們在尋覓什麼，我總是不很認真地懷疑著，但狗兒像吸大麻一樣的沉溺與歡樂。我等了一會兒然後用力拉扯牠們離開，離開那些我所不能想像的氣味和癖好。蹓狗要花上半個小時左右，我空白地跟在狗兒後頭，會不經意想要用牠們的模式去思考和感受。兩隻狗都不十分溫馴，有時候在公園的草地上看見什麼會突然發飆，而我總是不肯放手便唯有氣急敗壞地跟著牠們飛奔。有時候我會摔倒，抬起頭來看見狗兒彷彿斷線紙鷂似的飛得很遠很遠了，牠們跑進踢足球的孩童當中引起騷動，我爬起來，手掌沾著泥污和草香，膝蓋流了一點血。我覺得有點痛又有點快樂，我聽見孩童的尖叫和歡笑，覺得世界像一口井，有回聲在頭頂盤旋。忽然我想起你還在飄泊。

更多是在喝下午茶的時段，我寬下圍裙把弄了一整個上午的蛋糕拿出來，烤箱還溫著，盤子總還是燙手的。有時是我最拿手的紅蘿蔔奶油蛋糕，有時候是試了很多遍卻還嫌有點失敗的阿爾薩斯蘋果派；我泡了一壺舊街場白咖啡或三合一奶茶，隨便找一個什麼帶子讓它開著，可能是蔡琴唱的老歌、鋼琴或薩克斯風音樂。下午的陽光液態地流進廳裡來，那陽光很濃稠，漫入得有點慵懶。剛烤好的蛋糕妖嬈地香著，咖啡的芬芳一貫地懷舊，聽到綠島小夜曲的時候會記起很久沒去探望過的老母親。我便一直那麼空白地接受著這樣的下午，音樂和陽光和食物飲料的香，緩慢地融入。我的靈魂掏空而乾淨，生活很靜止，你還在飄泊。

說起來我是無時無刻不在想起你的飄泊了。生活慢慢地如此凝固起來，我漸漸的動彈不得，變成另一只彩陶玩偶匿藏在心愛的花草、寵物、音樂、蛋糕和咖啡之間。你怎麼去想像現在的我呢？當你乘坐的火車正行駛在遠方無垠的荒地上，而你咬緊下唇努力去思索文章的下一個句字，或是在為剛完成的小說想一個有氣勢的名字。你也許想到要給我捎一張明信片，我從菜市場回來時手上拎了塑膠袋無數，要費很大的勁才可以將你的明信片從郵箱裡掏出來。你的字跡因為鐵軌上的顛簸而微微抖動，我曾經以為有什麼事情值得你如此興奮。明信片上偶爾有半首詩，偶爾是一些未完成的篇章中很自鳴得意的句字。你在哪裡你去到什麼地方了？我在石化中老去而你還在飄泊。

想念你，那是我在入定的生活中唯一的流動了。因為太想念了反而不願意重逢，也許你很難理解我的害怕。我的裙裾上有洗不脫的油煙的氣味，我的手指甲填塞了泥土和殘餘的花肥。我很久沒有寫作了，我讀不懂文藝版上的新詩；我去喝存了十個印花換回來的免費拿鐵咖啡，也排隊買票看〈蜘蛛俠〉午夜場。大選那天我忙著換窗簾洗被單沒有去投票；今年你生日時我夜裡洗澡忽然淚流滿面，我扶著牆壁坐下來不知所以地痛哭一場。我平凡的幸福裡頭也有哀傷，我的哀傷是因為你總在我的心海裡遊蕩。

你變成了一面很遙遠卻老是逗留在視野某處的船帆。我收拾書房時會一次又一次忍不住翻開那些舊書去搜尋你的作品。它們提醒我，我這分明很寫實的存在其實是相對於你的存在而存在的。而你的存在又是怎麼一回事。有一回你在明信片上寫「我寫故我在」，這話極其虛妄而我嫉妒。我暗暗希望有一天你會被風浪打沉，別繼續在我心裡孤帆遠影了，快放下你的筆什麼都別說，有一天你不再前行你回來讓我深深擁抱。我憧憬著你陪我一起整理花圃，試著把紫花大岩桐種好，也可以跟我帶著狗兒到巷子另一頭的小公園散步。午後我們嚐著剛出爐的西點，什麼話也不說就沉靜地聆聽你帶回來的蘇格蘭手風琴或是印度小鼓樂曲。

這念頭只是靈光一閃，但我馬上覺得褻瀆了你，你會感知吧並且在疾行的火車上蹙眉。你從來不知道自己在追尋什麼，一如我不曉得自己為何等待。我們分裂開來，有一些碎屑遺失了是故我們再也無法契合。有一次我自沒有情節的夢中扎醒，突然想問你的飄泊會不會只為了完成飄泊本身，如果世間真有那麼龐大的行為卻那麼無為和單純。也有一回是在與男人無話的車廂中，冷空氣和收音機的聲音一寸一寸地萎頓與凍結，我沒來由地捉緊肩上的安全帶直視車鏡前的長路、街燈和夜空。你還在飄泊的路上，這事情明明白白地澄清了我以為很實在的生活只是一種幻象，它很逼近真實，然而正如從來沒完成過的詩作一樣，終究什麼也不是，充其量只是一堆被整齊排列的符碼。而你是流動的，一處緊挨一處一個字眼跟隨另一個字眼，於是你的身世不斷延伸，下一個驛站又有故事和詩句；愛情和痛楚相隨，她們在月台上翹首等候，她們是你龐大的人生拼圖中即將尋獲的下一塊小圖片。

我呢，在漆黑一片的電影院裡吃爆米花喝可口可樂，有一點點掛念家裡初生的八隻小狗。牠們尚未睜開眼睛，都蜷縮著依偎在鋪滿碎報紙的大紙箱裡。牠們的母親滿足而安靜，牠曾經很沸騰很高亢的靈魂開始沉澱，小狗的新生命蠢蠢蠕動，牠們都像你那樣在充滿懷疑的生命狀態中掙扎。我是想念你的，在電影結束的時刻，故事中所有的悲劇性，譬如銀幕上灰藍而銳利的冷色調，男主角或其他某個角色死亡的慢速分鏡，單調的牧童笛在遠處奏響，有女高音嗚嗚拔高。這時候我的腦海便有你的身影緩緩淡入。黑白畫面中老舊的車廂裡你轉過大特寫的臉來，安撫似的給我展示一個堅毅的笑，眼角有魚尾紋深鑿。原來你也在老去；飄泊使你看來滄桑、孤獨、快樂。

別再讓我說下去吧，再說下去我就會像其他婦人一樣沉溺在自身的膚淺中了。虎尾蘭新植入花圃，烤箱隱隱香著焦糖核桃派，壞了一隻擴音器的音響播放著魔戒王者再臨的電影原聲音樂，狗兒趴在庭園中打盹。一切都圓滿，這圓滿附屬於你那不完整的旅程。我躺在沙發上小憩，夢境都被掏淨了等著承載，會是什麼呢也許是你的詩和夢想。你在何處你去到哪裡了？你總是在路上。

這樣我便蝸蜷入空白而幸福的夢中了。生活幾乎完全膠著，真不想醒來而如果此刻我醒過來，會是因為郵差騎著摩哆帶來你的消息。那麼狗兒會全部站立，同聲吠起來。

當代名家・黎紫書作品集3

暫停鍵

2023年8月二版　定價：新臺幣550元

著者　黎紫書
叢書主編　胡金倫
封面設計　陳文德

出版者	聯經出版事業股份有限公司	副總編輯	陳逸華
地址	新北市汐止區大同路一段369號1樓	總編輯	涂豐恩
叢書主編電話	(02)86925588轉5305	總經理	陳芝宇
台北聯經書房	台北市新生南路三段94號	社長	羅國俊
電話	(02)23620308	發行人	林載爵
郵政劃撥帳戶第0100559-3號			
郵撥電話	(02)23620308		
印刷者	世和印製企業有限公司		
總經銷	聯合發行股份有限公司		
發行所	新北市新店區寶橋路235巷6弄6號2F		
電話	(02)29178022		

行政院新聞局出版事業登記證局版臺業字第0130號

本書如有缺頁，破損，倒裝請寄回台北聯經書房更換。　ISBN 978-957-08-7045-9 (精裝)
聯經網址 http://www.linkingbooks.com.tw
電子信箱 e-mail:linking@udngroup.com

國家圖書館出版品預行編目資料

暫停鍵/黎紫書著．二版．新北市．聯經．2023.08．
248面．14.8×21公分（當代名家・黎紫書作品集3）
ISBN 978-957-08-7045-9（精裝）
[2023年8月二版]

855 112011898